後趙明帝

歷史小說

石勒：逐鹿中原，歲月如夢

暮年卷

征戰無數，揚名四方，
從奴隸到稱王，他耗費了一生的時間去實現夢想。
然而外患暫歇，蕭牆之禍卻起，究竟他該如何應對？

千秋萬歲名，寂寞身後事
——後趙明帝石勒波瀾壯闊的一生，即將畫下句點！

毋福珠

著

# 目錄

# 目錄

# 前言

本書《後趙明主 —— 石勒：逐鹿中原，歲月如夢》為《後趙明主 —— 石勒：眾望所歸，稱王於襄》的續集。

本系列書共有四集：

奴隸帝王 —— 石勒：英雄出少年

奴隸帝王 —— 石勒：一劍能當百萬師

後趙明主 —— 石勒：眾望所歸，稱王於襄

後趙明主 —— 石勒：逐鹿中原，歲月如夢

第一集《奴隸帝王 —— 石勒：英雄出少年》一至十一回，講述了後趙開國君主石勒的少年時期，記敘他開國立業的夢想之起點；

第二集《奴隸帝王 —— 石勒：一劍能當百萬師》十二至二十三回，講述石勒投身軍旅後，金戈鐵馬的征戰歲月；

第三集《後趙明主 —— 石勒：眾望所歸，稱王於襄》二十四至三十五回，敘述石勒在眾多部將的擁戴下，於襄城稱王的經歷；

第四集《後趙明主 —— 石勒：逐鹿中原，歲月如夢》三十六至四十六回，細數了這位後趙君主的功績及其晚年。

作者以其豐厚的歷史學養及流暢文筆，細膩描繪出後趙明帝石勒從奴隸到帝王的傳奇人生，集集精彩，集集不容錯過。

# 前言

# 自序

一個從奴隸到帝王的故事

這個故事，講的是石勒一生曲折起伏的經歷。

《晉書・石勒載記》載：「石勒上黨武鄉羯人。」他出生的年代，正趕上魏晉門閥政治興起之時，士大夫貴族階層個性開放、隨興而為，塵談玄學、無為而治的各種思潮湧動並傳播滲透到國家政治領域，晉朝王氣黯然，惠帝政權失控，八王之亂戰火頻仍，打打殺殺長達十六年，百姓在亂中求生。日子本就過得困苦不堪，又逢上太安年間（西元三〇二至三〇三年）天旱不雨，并州大地連年饑荒，眾多的升斗小民處於無食等死之境。饑饉和戰亂裏挾著石勒，在官兵抓人販賣獲利的情況下，石勒雖然跑到朋友家躲過一劫，但風浪依舊，到頭來還是被并州刺史司馬騰「執胡而賣」，掠至山東淪為奴隸，在荏平縣一個塢主的田地裡苦受煎熬……

世道的不公和歧視，把石勒逼上反叛之路。憑著一腔血性之勇，率領平素結交的八個苦難兄弟，時稱八騎，仗劍天涯，揭竿反晉。這之後，又有十人站到他的旗幟之下，號為十八騎，頻繁出沒冀州一帶，逐漸組織起一支上千人的兵馬，後提兵攻打郡縣，被官兵圍剿大敗。他突出重圍，投靠匈奴族人劉淵所建漢國，屢建戰功。

　　石勒是文盲，「雖不視兵書」，而能使「攻城野戰合於機神」，「暗與孫吳同契」，以卓絕的戰略遠見統眾御將馳騁疆場，於永嘉五年（西元三一一年）夏在苦縣一戰殲滅太尉王衍統領的十萬大軍，襲殺司馬宗室四十八王，聲威天下，漢國進用他為鎮東大將軍，麾下眾至二十萬。接著會同漢將劉曜、王彌攻陷洛陽，俘晉懷帝司馬熾。滅西晉後，石勒轉兵北去屯駐襄國城，以此為據，戡平周邊諸雄，於大興二年（西元三一九年）自立門戶建立後趙，滅前趙，統一了北方大地。歷史把石勒推上九五之尊的寶座，在位十五年，建平四年（西元三三三年）六十歲病逝。

　　石勒是繼漢朝開國之君劉邦之後，從草野民間走出來的又一個平民帝王。他不畏險途，毅然闖蕩於八王之亂中，立馬沙場取天下。立國後，他借鑑商周「逆取順守」的做法，及時進行文武之道的轉換，外禦東晉，內修政治，酌減賦稅，勸耕農桑。他開辦學校，命人專管。他經常到郡縣看望和接見文學之士，賞賜穀物、布帛進行慰問。史書上記載他「雅好文學」。他還從國家治理、民族融合的角度出發，適時推出一些重建和維護社會道德秩序的舉措，制定《辛亥制度》五千文，使之成為倫理與法紀規制。

　　石勒出自羯族武夫，但他為人行事多受中原儒家傳統文化影響。他好怒，但只要進諫的人說得對，怒火很快就會平息下

來，有時還向被責備者賠禮道歉。對過去和他打過架的一個村人，也不計前嫌，把此人請到都城赴宴，並封他為官。他曠達大度，不拘小節，從不放縱自己，每以古代帝王那種「醉酒和美女」荒於政事為戒，身居高位而依然勤政簡樸，就連臨終發佈《遺令》，對他的後事做了「殮殯以時服，不藏金寶玉玩」一切從簡的安排，足見他的政治見地。

這部小說，以史籍所載石勒在軍事征戰和國家治理諸方面的主要歷史事件為框架構思而成。從頭至尾，以敘事的方式呈現故事，以故事的方式承載歷史，再現了這位從奴隸到帝王的傳奇人生。

毋福珠

# 自序

# 第三十六回

## 祖逖運土充軍糧 桃豹誤信撤蓬關

## 第三十六回　祖逖運土充軍糧 桃豹誤信撤蓬關

今日石勒又接到豫州刺史桃豹呈送的奏表，陳述晉將祖逖率師北犯的聲勢甚銳，請求增兵抵抗。

從討伐邵續、段匹磾至今，桃豹屢有告急奏表或遣使來朝直陳戰事緊急，每看到一份奏表和接見一次來使，都會使石勒擱在心頭的那個疑問翻滾一次：晉元帝司馬睿是個相當保守的君主，守住其江東之半壁河山，偏安一隅，無心興師北伐，可他的將領祖逖為何在豫州一線屢屢督兵犯我？

正緊皺眉頭往下想，耳聽守門侍衛說道：「在，大王在。」

這時石勒眉都沒有展就隔門問道：「是右侯吧，進來。」

門口應道：「是，是微臣。」

一待張賓坐定，石勒便把他的疑問擺出來，道：「你與孔萇、桃豹都和孤說過祖逖這個人，前幾日差季龍出兵蓬關，陳川說祖逖不可小覷。這說明江左那個司馬睿，恐怕也是看重他的才智將略，俞允他驅兵中原，不然他早因兵源餉秣不濟而不戰自垮回去了。」

張賓微笑一下，道：「臣記得和大王說過祖逖字士稚，祖籍范陽遒[01]人，極有勇略。司馬王朝諸王爭權奪利期間，范陽兵匪荒亂不好生存，他率領親族鄉黨百餘家輾轉南奔，避難江左，是吧？」

石勒點點頭，道：「說過。」

---

01　在今河北淶水。

張賓道：「臣也記得和大王說過，司馬睿聞時人稱譽祖士稚有『贊世之才』，他召來二十四歲的祖士稚與劉琨一起命為司州主簿，是吧？」

石勒又點一下頭，道：「說過。」

張賓道：「臣記得還和大王說過司馬鄴繼位後，詔命江左司馬睿出兵攻打洛陽，祖士稚聽說後入朝進言說，前時諸藩王自相攻伐，胡虜趁機侵入中原，殘害百姓甚眾，逼得義士自奮，立志殲滅胡人。朝廷若能發一旅之師前去討伐胡寇，郡國豪傑即會望風附我，光復中原一定為期不遠。司馬睿見他志在北伐，當即詔封時為軍諮祭酒的祖士稚一個豫州刺史的虛銜，讓他出兵中原。祖士稚跪拜謝恩，說『臣替中原百姓謝謝陛下』，大王能想起臣這樣說過吧？」

石勒回答了一聲：「能想起。」之後命張賓直接回答祖逖為何能持續征戰，從趙軍手裡奪走許多城池。

祖逖義行天下，率兵北伐，戰事消息已在河水南北盛傳。張賓從前方軍牒、偵探稟報、百姓傳聞三條管道所獲戰情，像講故事那樣一段一段擺出來：

祖逖方臉魁梧，身著鎧甲，眼望秋風吹動波浪蕩起的江面，毅然中流擊楫，渡江來到江北屯兵淮陰[02]。他從偵探嘴裡得知石勒戡平中原諸雄，「以王者之尊」入主襄國城，建立後趙國

---

## 第三十六回　祖逖運土充軍糧 桃豹誤信撤蓬關

稱趙王，河北地面的最後一個據點——厭次也被他傾覆，收復中原路途險阻增大，仍堅持將兵北進接近譙城，前鋒將領騎一匹快馬返來大帳，參禮稟道：「前面有兵馬擋路，打不打？」

危坐虎帳的祖逖沉了一下臉，道：「能歸順可以不打，不歸順就打。」見這位將領呼呼喘氣，臉上的汗也明晰可見，馬上想到他鞍馬勞頓乾渴，讓身邊的侍兵把端來的湯水給他喝。帶兵就是帶心，祖逖設身處地為部眾著想，屬下將士行軍打仗也都拚死用命。

等喝完湯水，祖逖問他是何處兵馬。

那將領回答說不知道，但他眉頭一皺，馬上又說知道，是一股流民和地方豪富私兵部曲混在一起的兵丁。頭領一個姓張，叫張平；一個姓樊，名樊雅，自稱塢主，占據譙城、太丘[03]一大片地盤。窺其勢，也有大幾千人馬，只怕一時難克。

話說至此，等在帳中說事的參軍殷乂走過來，腆著肥大的肚子站到祖逖面前說，如若下令攻打，他願打頭陣。

祖逖此際想起司馬睿還處在琅琊王地位時，曾派遣幕僚遊說張平、樊雅歸屬江東，現在不應將他們推向敵對一方，道：「我領的這支軍隊是王師，是義旅，士卒乃自願從行，所行合乎正道，怎可不先遣使說以利害、允其三思就加兵呢？」

殷乂道：「將軍是說先禮後兵？」

---

03　在今河南商丘永城北。

祖逖點點頭，道：「是否以兵討伐，要看去使以後是何情景。」他眼盯殷乂，想了一下，道：「我讚賞你的勇氣，今差你去見張、樊兩位塢主，說其歸我統屬一起北伐，算你頭功一件，你可願去？」

　　殷乂參禮，道：「遵將軍差遣，末將願去一試。」

　　殷乂帶了四人來到譙城，張平、樊雅待以客禮。殷乂本就蔑視張、樊所率為烏合之眾，對兩人傲慢不恭，在客位上略一坐，連來意都沒有說清楚，竟輕狂地站起來，一面仰臉款步走動，一面眼瞟帥帳几案兩邊放置的兩隻矮腳夔紋鼎上套的鎧甲和旁邊的箭壺，嗤笑道：「此軍帳可做馬廄。」

　　張平聽了當下生出幾分惡感，倒還是覺得客人站起來了，自己不能失禮，以眼神示意樊雅也站起來，殷乂已抬腳邁出了門外，他們跟了出去。門外面，幾個提酒端菜的兵丁從一隻大鑊那邊過來，樊雅見備來了酒菜，即朝殷乂揖讓出手，道：「請殷將軍回帳入席。」

　　沒停腳步的殷乂，走上前去踢了一腳大鑊，道：「這隻鑊可鑄鐵器。」

　　張平斜視殷乂，低聲罵這個胖子居然如此無理，但他看到樊雅又揖讓出請客人入席的手勢，緩了緩臉色，說道：「此乃帝鑊，待天下清平之時，倒大有用處。」

　　殷乂嘿嘿冷笑，道：「一個頭且不保之人，愛這隻大鑊有什麼用！」

## 第三十六回　祖逖運土充軍糧 桃豹誤信撤蓬關

這些帶有褻瀆意味的言辭，使張平滿腔怒火升騰，憤恨地狠盯殷乂一眼，罵道：「狂夫！」

殷乂板起臉，道：「罵誰狂夫？」

張平道：「這裡除了殷乂不是我的部屬，還有哪個？」

樊雅見張平手拔佩劍，低聲說道：「他若不是帶甲數萬的祖逖派來的使者，我贊成你一劍宰了他，卻因現下處於祖逖想滅掉你我之際，你這一劍出去，不正讓祖逖有了口實。你聽我的，且忍住氣躁，好酒好肉待過，好臉好話把他送走，我們好商量南靠，還是北投。」

張平道：「你聽我的，我要使塵世再無這個殷乂。」

樊雅還在勸張平，殷乂反而拔劍撲過來，兩眼陰森森地凶光畢露，指住張平，罵道：「本人是祖豫州差來的使節，罵他的使節，就是罵祖豫州，待我替他取了你的人頭，替祖豫州出這口氣。」

但是殷乂的劍早被擋過一邊，只聽撲通一聲，就立時倒地死了。他的隨從逃回去報告凶信，祖逖悉起部眾向太丘發起攻擊，張平、樊雅沒有退縮，樊雅正面抵抗，張平帶領千餘精卒出西門繞到祖逖兵馬的後尾掩殺，祖逖急忙鳴金收兵。

此戰之後，祖逖與張、樊兩位塢主相持一年，連一個小小的太丘城都沒有踏過。愁緒滿腹的祖逖，這夜獨掌孤燭，坐在大帳案後，左手托腮盯視著那幅不知道翻看過多少遍的北伐路

線圖，斟酌他選擇的進攻方略有沒有誤，瞟見守門侍衛領了兩人進來，祖逖喝道：「不看我這裡有事？出去！」

被侍衛領進帳來的兩人中邁步稍前的那個，參禮道：「將軍，是我。」

聞此熟悉的聲音，祖逖抬起頭來看，說了一聲「是韓將軍呀」，放下手裡的路線圖降階賠罪。

韓將軍名叫韓潛，是祖逖攻打太丘的前鋒都督，他和他帶的那個精幹兵卒被嚇得縮身倒退。掃見祖逖起身步出案前來了，他停住腳步又參了一禮，道：「裨將打擾您了。哦，裨將與將士們說起與塢主張平、樊雅兵馬僵持在兩方分土接壤之地，久攻不克，這位兄弟說他有個表親在張平那裡做兵營頭目，您看需不需要差他去見見那個表親，看他能否助我一臂之力。」他把精幹兵卒推到前面行禮。

祖逖頭腦裡塞滿了從譙城那邊逃回來的殷乂隨從所陳張平殺殷乂的片段，深恨張平的傲慢無理，目光落在了精幹兵卒臉上，說如此甚好，只是眼下兩軍交戰，都在防範對方細作混入，去那裡不容易。

精幹兵卒以前去過，只要說是找表親的，就能進去了。現在如若城門守兵不允許進去，他可以求守兵叫出表親來，也能把去意說給他聽。

韓潛也趁勢講了一些這個兵卒小有能耐的事例，祖逖才點

## 第三十六回　祖逖運土充軍糧 桃豹誤信撤蓬關

了頭，吩咐韓潛下去幫他換一身百姓服飾，然後到度支那裡取兩雙璧、五百錢帶去，作為見面薄禮。

韓潛施禮，道：「這樣更好。」

※

那精幹兵卒去後數日不見回音，祖逖讓韓潛陪他登上一座面對太丘那邊的土丘，眺望那個兵卒是否返回，一直望到北風送來秋夜的寒氣，才返回營帳。他剛讓侍兵點燃油鼎，守門侍衛就向帳裡通稟，道：「有兩人從太丘騎馬飛馳而來，要見將軍。」

就在通稟的瞬間，一個八尺大漢三步併作兩步邁進帳來，嗵的一聲下跪在地，雙手捧了一個包裹上呈，伺候在帳的侍兵接了轉給祖逖解開來看。祖逖驚叫一聲，急朝後躲，憐惜而嘆出一聲：「唉，他還是死在那裡了。」此時一個人影從帳門一晃而入，趨步上前扶一把祖逖，道：「小人回來了，那顆頭是張平的。」

待看清是去太丘的那個精幹兵卒，祖逖問道：「你把他殺了？」

那兵卒道：「不是小人，是這位謝將軍謝浮。」見謝浮木然跪著沒有什麼表示，那兵卒忙朝他招了一下手：「謝將軍，還不拜見主將？」

跪在地的謝浮引背彎腰下拜，道：「末將拜見祖將軍。」

祖逖定神端視這位臉上長滿密實黑鬚的謝浮，從案後出來

把他扶起，道：「大禮免了。你說，怎麼把他殺了？」

謝浮道：「末將不殺他，他必殺末將。」

這是一句籠統的話，其事端遠不是那麼簡單：謝浮早想倒戈歸順朝廷，只差沒人引見。精幹兵卒的造訪，讓他好像看到了通向國朝的大門，欣然接受他帶來的使命，當天進見了張平。張平見他和上回祖逖派來的使者說著同樣的勸降之言，淡淡笑道：「你今日是何想到歸順官兵，我和樊將軍待你不好？」

謝浮又恭敬一參，道：「末將以為這麼下去終不是事，還是得歸為正道，才想到祖逖祖上稚這位將軍。據說他很想成就點事業，是以末將想請您帶領大家歸附於他的麾下。」

張平斷然道：「我可不喜歡誰在我頭上吆五喝六，指手畫腳，不去。」

謝浮瞠目結舌，退出帳來。

厚厚的雲層，讓天黑得特別早。約莫黃昏時刻，凶神惡煞的張平來見謝浮，大聲喊著命謝浮把窩藏的官兵細作交出來！眼見得事情已是遮掩不過去了，謝浮參禮說是他表親來造訪，不是什麼細作。張平的怒顏也像天空的雲層那樣又厚又黑，說：「不是細作？哼，讓他出來讓我看看！」謝浮讓隱在布帷後面一張臥榻上的那個精幹兵卒出來見張平。

謝浮轉身，面對張平略現笑意，道：「這便是末將表親，他鄉野草民，什麼都不懂。」

## 第三十六回　祖逖運土充軍糧 桃豹誤信撤蓬關

　　這邊謝浮躬身參禮，那邊張平拔劍在手，道：「待我親手殺了這個亂我軍心的細作。」轉瞬之間，手中的利劍刺向那個精幹兵卒。值此情變之際，謝浮一劍將張平右臂砍斷，張平喊一聲「謝浮反了」，謝浮的劍已從他後背穿出前胸，張平頃刻斃命。謝浮割下張平首級，取了權杖出城來降祖逖，道：「太丘兵眾無主必亂，主將若願出兵，今夜恰是時候。」

　　祖逖道：「張平死了，還有樊雅，他會不會督兵戒備防我今夜進攻？」

　　謝浮道：「太丘這支兵馬的主體，是張平、樊雅兩個豪富之家的私兵部曲，併二為一，獨立稱雄，內部極不統一，就是樊雅以為張平報仇號令部眾，張平的幾個幹將也很難聽從他的，是以那邊的兵力微弱難振，我兵一出，其勢必垮。」

　　早想克難前進的祖逖，此刻聽了謝浮所言太丘可以攻破的有利條件，點頭同意了這位降將之議，立命韓、謝二將麾兵攻城，遂得太丘，又乘勝進兵圍住譙城，守將樊雅歸順祖逖，大兵駐紮譙城。

　　譙城西傍渦水、譙郡，東臨徐州，是從徐淮北進直達中原腹地商丘、開封，南北對峙雙方爭奪之重要地段。祖逖據此地利，得以直犯後趙南線邊地，與戍守邊陲郡縣的後趙將領桃豹部眾屢有廝殺，紛爭不斷，戰事非常吃緊。

　　或一日，石勒召來張賓，疾言厲色追問：「桃豹將軍又上表

敦促馳援陳川兵馬，季龍此時兵在何處？」

　　張賓望一眼「神躁於中，形喪於外」的石勒，忖度他此刻心境，也是不勝急躁，這季龍在哪裡誤了限期？他沉沉地吸口氣，道：「前幾日已有探馬報來消息，說中山公討伐鮮卑鬱粥族落大獲全勝，悉降其眾，獲牛馬羊十餘萬隻，追趕逃奔烏桓的鬱粥族人數百里，耽擱了些時日，按里程算，應該快到蓬關了。」

　　石勒怒道：「你當知道蓬關的重要，若有失，那祖逖就直接攻我河水守軍了，請右侯再遣快騎沿路催促，切莫誤事。」

　　張賓行禮，道：「是。」

　　張賓領命從後宮出來，碰上桃豹又差遣來的使者，報說車騎將軍石虎（數月前石勒已任命石虎為車騎將軍）所率五萬騎兵與祖逖前鋒都督韓潛、馮鐵兵馬交戰。張賓聽了放心下來，稍停了一下就又入宮向石勒進稟。

　　盤踞蓬關的塢主陳川，自號寧朔將軍、陳留太守。他憑仗北倚河水天險，和相距不遠的汴水、浚儀渠為屏障阻梗來犯之敵的長驅直進，成為橫在後趙將領桃豹南征與晉將祖逖北進之軍中間的一支強大的割據勢力。自大興二年（西元三一九年）夏初起，經桃豹從中疏通，他與後趙君臣契同友執，互派使者傳遞訊息，與後趙南端邊緣郡縣的吏員也互有來往。據此優越地理環境與周邊關係，心中少不了生出一點不把晉朝那些兵

## 第三十六回　祖逖運土充軍糧 桃豹誤信撤蓬關

將放在眼裡的感覺，一直把祖逖大軍堵在谷水之南。卻因他的部將馮寵率眾投靠了祖逖，陳川一氣之下放兵劫掠，遭到祖逖督護衛策的伏擊，又乘勝追擊大破陳川部將縶在谷水南面的營壘，直至進逼兵臨蓬關。陳川差使向石勒乞援，待石虎趕到督兵一戰，祖逖大敗，退屯梁國[04]。在那裡，還沒有穩定下軍心，偵探報說敵將桃豹數千人馬又來增援，祖逖急命韓潛斷後，自己再度收縮部眾回撤，屯據淮南[05]。祖逖根據歷來南北對峙之要略，守江（長江）必先守淮（淮河），當即變攻為守，部署兵力死守楚州、壽春、廣陵、歷陽諸地，不可使後趙兵馬南進突破這道防線一步。

短暫的休戰中，晉兵很快探知石虎留下桃豹鎮守蓬關，據於陳川所築舊壘，自率陳川部眾和五千餘戶士民北去廣宗縣。祖逖又突轉戰略，變守為攻，領兵向前推進，命大將韓潛發起猛攻爭奪蓬關。

蓬關在陳留之西、浚儀之南不遠，不是一座城堡式的關隘，僅是一處可以屯聚雄兵據守的堡壘，分東西二臺，每臺皆以磚石壘砌，亦如通常關隘那樣堅固，所以陳川在此阻擋祖逖大兵寸步難進。這麼一個要塞重地，只留桃豹一員大將所統之眾鎮守，顯然勢單力孤。況且，桃豹覺得祖逖縮在淮南，不會很快北來。如此輕敵，麻痺了思考，讓桃豹忘了「備禦不虞之

---

04　此時治所在今河南商丘南。
05　黃初四年，即西元二二三年置淮南郡，治所在壽春，即今安徽壽縣。

患」的古訓。用兵詭詐神速的祖逖大兵驟來，桃豹雖然急忙率領主力抵敵，而因事前兵力部署點面失宜，還是被祖逖部將韓潛攻占了東臺，慌得桃豹集中兵力死死守住西臺。由此一關屯紮兩國之兵，西臺的桃豹從南門進出，東臺的韓潛從東門出入。祖逖為韓潛增兵添將，與桃豹一攻一守相持四十餘日，雙方糧草都耗費得難以維持下去了。

桃豹出身草莽，不像祖逖十幾歲就博覽經史，研習兵書。他除了陪石勒聽過《漢書》之外，對歷代兵家攻守謀略戰例，只是膚及其表，缺乏機略變詐的全能應對，但在後趙國的軍隊裡，倒也是一位能夠獨當一面的疆場老手。祖逖覺得硬攻難得西臺，想用智取。

古代作戰對峙的雙方，與其說打仗是憑兵多將勇，倒不如說是打糧草仗。「兵馬未動，糧草先行」，說的就是這個道理。哪一方的糧草充足，那他就多一分勝算。此時雙方軍糧都已耗盡，所以桃豹這日旦食之後，叫來兵營軍糧計校，命令道：「帶一些兵卒去河渠池泊網捕魚蝦，以補軍食。」

軍糧計校望一眼桃豹失卻表情的臉，小心參禮，道：「是。」

他帶人出去不到一個時辰，就跑步返來稟告，道：「有一列運糧晉兵傍那邊的小路經過，劫嗎？」

桃豹眼前一亮，道：「劫！」

## 第三十六回　祖逖運土充軍糧 桃豹誤信撤蓬關

桃豹即刻召集上千兵眾來到南門垛口一望，那些打頭的晉軍運糧兵卒早背負糧袋轉進東門裡面去了，急得桃豹對部眾道：「快！快！」他的部眾出了南門，運糧的晉兵跑得越快了，只有最後面的那幾個被截獲，全是白淨的稻米。

這時候桃豹兩眼發愣盯著那些白米，盯著盯著竟倏忽幻化出一列的背米晉兵擁進東臺垛起小山丘一樣糧袋的情形，他不由得用力閉了一下眼睛，移步站到略高的地方東看韓潛的兵營，思索著他又有糧與我桃豹相持了，而我又憑什麼與他對抗呢？

原想自己糧草難以為繼，他韓潛的餉秣也寬裕不了，攻不下蓬關，自會退兵。現下看，彼方兵精糧足，絕不會退了。東臺的韓潛早看見了朝他那邊張望的桃豹。當初他不明白祖逖為什麼暗囑他組織這樣的背糧行動，即至此刻他還在猜想祖逖的意圖，難道就是為了讓桃豹眼饞嗎？東望桃豹的窘樣，使他很想笑，但他怎麼也笑不出來。因他也緩不濟急，空虛得很。

但是桃豹好像聽到了韓潛的笑，笑聲穿過耳鼓流入血液，使他周身大為緊張和恐慌，當夜急差遣一名都尉快騎回朝催運糧草。

陳川歸降後，張賓與他計算過桃豹的糧餉，奏明石勒俞允正籌措用千頭壯驢馱送糧草接濟蓬關。桃豹差遣的都尉來到都城，趨步上殿跪拜，稟道：「軍中需糧在即，桃豹將軍差末將

來見大王。」

石勒揮袂，命令道：「右侯已使糧儲之地備糧五千斛，你速去催促將軍劉夜堂刻日起運南去便是。」

都尉高興地說聲「是」，倒退三步轉身出殿。

那都尉與劉夜堂約了運糧的起程日期，疾速南返回告桃豹。桃豹聞訊心喜，這下好了，你東臺有糧我也有，相持就相持，看誰能熬過誰？桃豹有了興頭，忙碌得又領人打掃儲糧屋棚，又派兵出營接應，卻忽見劉夜堂匹馬奔來，桃豹站起來拱手，道：「劉將軍運糧之勞，我桃豹代全體挨餓的將士謝你了。唔，劉將軍你跪下幹什麼？」

劉夜堂帶著哭腔，道：「軍糧被人劫了。」

桃豹驚得嘴巴大張，騰的一聲跌回座上，一張頹靡的臉陰沉下來，眼睛直盯身前的案面，半天才嘴唇顫抖著吐出聲來：「祖逖……」

潛伏在襄國城的暗探，探知石勒將差劉夜堂解糧赴蓬關，騎快馬趕回祖逖兵營做了稟報。祖逖差遣部將馮鐵率兩千兵卒伏在驛道邊的葦草裡，待劉夜堂的糧隊過來，揮戈殺出劫糧。劉夜堂戰敗，丟下糧隊逃來見桃豹。桃豹甚為惱恨，拳砸案面，憤然道：「劉將軍，你讓本將如何守關？」

劉夜堂嘆息聲聲，道：「我死……死罪，你即刻斬我於軍前，給守關將士一個交代。」

## 第三十六回　祖逖運土充軍糧 桃豹誤信撤蓬關

　　對，該斬。桃豹一把抓起几案上放的利劍，馬上想到劉夜堂是朝廷派來的，也不好強使手段動刑，他大張嘴喘了幾口氣，把劍放下，說道：「按瀆職丟失軍糧罪論，本將軍可以斬你，然此事你還有欽差的身分，你還是自縛回見大王為妥。」

　　劉夜堂一副窘相，默然不語。

　　桃豹沒有糧草，糧道也被晉兵阻斷，料知蓬關難守，他又緩緩站起來，眼睛盯住劉夜堂，對部眾下命令，道：「東臺已經運進那麼多糧，這又劫了我軍的糧，我將士沒有糧吃，餓著肚子能守幾天？傳我將令，速預備撤退。」

　　一個部將參禮，道：「將軍，這樣撤出蓬關不妥吧？」

　　桃豹不想說話，他早就不考慮自己的聲名如何了，只在乎保住這上萬部眾的性命。等到天一黑下來，桃豹就率領兵馬撤出蓬關。走出不遠，前哨捉了幾個抬了魚蝦回營的晉兵來見桃豹，他下馬看了一眼跪爬在地的晉兵，問道：「爾等捕捉魚蝦是行販嗎？」

　　一個晉兵回道：「肚都填不飽，哪裡敢販賣。」

　　淡弱的月光之下，桃豹看一眼那些兵卒清瘦的臉，道：「前時運入東臺的糧吃完了？」

　　這個晉兵回道：「哪是糧，是土。」

　　桃豹一愣，道：「你騙誰？本將軍截獲的盡是白米。」

　　另一個晉兵道：「就背在後尾那幾袋是糧，其餘全是土。」

越說桃豹越是茫然，道：「土又不能當糧吃，運它做什麼？」

一個晉兵道：「能當糧看。」

桃豹狠狠地瞪他一眼，喊道：「來人，給本將軍往死裡打，把這些說假話的人，打到說出真話來為止。」

這幾個晉兵叩頭，說道：「我幾個說的沒有一句假話。運土充糧，是祖豫州一計。事前他估量到西臺的北兵穀力殆盡，命部下拿了千餘條布囊裝了泥土，使兵卒背了從西臺附近通過，運進東臺，專意做給你看的。」

桃豹聽出祖逖用盡心智惑他，問道：「為什麼？」

晉兵回道：「這是明事，使你知道東臺有足夠的糧餉堅守陣地，以迷惑缺糧的西臺北兵將士，熬不過幾天，就會自潰北撤。」

桃豹醒悟過來，祖逖強兵攻打占領不了西臺；占領不了西臺，就越不過蓬關；越不過蓬關，就無法北進，所以轉而使用這種詭計迫使他撤出蓬關。桃豹說道：「本將軍是要稍走幾日，可不是祖逖以運土充糧之詐能把本將軍詐走，是回朝陳述職守。你們回告祖逖，勸他不要高興得太早了。聽說過樂極生悲嗎？到他悲苦的時候，那可只留下拿脡脯加稻糲為他祭奠了。」

說罷，桃豹轉臉向押來晉兵的前哨部將揮了一下手，道：「放這些人走。」

## 第三十六回　祖逖運土充軍糧 桃豹誤信撤蓬關

　　放走晉兵，桃豹連夜驅行，北越河水退駐東燕城<sup>06</sup>，上表請罪，石勒不准。怎奈一些喜爭善辯之士，依舊不斷呈送奏表彈劾桃豹擅自撤退丟了蓬關。尚書省只好把那些奏表上呈給石勒，石勒召集僚佐殿堂議罪，臣僚們見所彈劾的事由有些詭異，都轉頭望向大執法張賓。張賓把劉夜堂運糧遭劫的悔過書裡的一段話當殿唸了，眾人才知道桃豹部眾長期缺糧，補充的糧草又被劫，他顧惜將士不被餓死，自行決定撤離蓬關。那些彈劾的人聽罷，又都把奏表撤了回去。但桃豹又上一表，自請降為牙門。石勒又不准其奏，下諭命他堅守河水北岸監視祖逖兵馬北渡，桃豹領命謝恩。

※

　　祖逖計得蓬關，坐鎮雍丘，派遣韓潛進擊封丘，不斷出兵攻擊並占領後趙國所屬郡縣，石勒在河水以南的領土幾乎全部丟失。

　　祖逖步步為營的北進，使石勒時有不知怎樣對付之感，心裡緊張，踱步於寢宮門外尚未鋪墊平整的院落。邊踱邊想晡時前桃豹從東燕送來奏表說，祖逖治兵寬嚴有度，與將士甘苦共之，戰則身先士卒，宿則同鋪共眠；在所轄州郡縣境，課農桑，葬枯骨，立壇祭祀，百姓感恩之德，敬重地避其名諱，以藩封之地尊稱他祖豫州，甚至作歌頌揚祖逖恩仁德政，曰：「幸哉

---

06　在今河南延津東北三十里處。

遺黎免俘虜，三辰既朗遇慈父。玄酒忘勞甘瓠脯，何以詠思歌且舞。」

石勒知道這首歌的意思是百姓將祖逖比作再生父母，不禁自言道：「這祖士稚何以有如此威望？」

此乃石勒憂慮河水沿岸戰事說出來的肺腑之言，聲氣沉抑不暢，前來勸他回寢宮宿息的張賓、程遐聽了他的話意，問道：「大王是說祖士稚？」

石勒道：「此人極善治兵，又善撫慰，大不同於晉朝其他將領。陳川說不可小覷，確實小覷不得。」石勒走動的腳步沒有停，張、程二人緩慢跟隨。石勒回顧兩人，道：「你們想一主意，當如何對付他？」

程遐說命我將士嚴守河水北岸，不主動南伐，也不能讓南兵過河。張賓覺得光這還不夠，得有別的，說道：「臣想那祖逖打了幾年仗，他的將士定然疲憊，大王若與他協議停戰，料他會稍停北進的。」

這想法與石勒契合，他點頭道：「這時的停，乃緩兵待時，時變機來，再謀南伐。」

張賓道：「祖逖當然也會想到這一點。」

石勒道：「此謂兵家所見嘛。」

三人同時作笑。

於是次日，石勒頒詔：「沒有敕命，邊境將士不得進兵。」

他寫信給祖逖，要求通使交市。祖逖沒有直接回信，但聽任軍民與河水北岸百姓隨意往來，交換各自所需。不久，祖逖又聽說石勒差人前往成皋縣修繕自己父母的墳墓，心中暗喜，密遣參軍王瑜出使後趙答謝，贈以方物。石勒厚待王瑜，遣左長史董樹報聘晉豫州刺史祖逖，饋贈駿馬五十匹、黃金五十斤。

自此石勒、祖逖兩人雖為敵手，但氣氛明顯緩和。

# 第三十七回

## 功未遂將星殞雍丘 起疑心大帥殺騎兵

## 第三十七回　功未遂將星殞雍丘　起疑心大帥殺騎兵

　　但是，世事難料。此間竟有偵探把祖逖隔河與石勒通使交市之行，誇大為請和不戰，密告到建康。晉元帝司馬睿此時正在一干陪祀大臣和侍衛前導後扈簇擁下，從郊祀上帝歸來邁進殿堂，連平冕[01]禮服都未及換就大發脾氣。但見他抬腳邁上陛階，沒有落座就又返下來，在文武兩班臣僚面前，幾乎是跺著腳叱吒祖逖抗擊羯趙是假，投靠石勒是真，前走的腳步也隨了話語的停頓而停在文班臣僚面前。

　　因為腳步停得過於急促，頭上所戴平冕的飾物冕旒[02]前張之力猛一回扯，擺動的玉串互相磕碰發出細碎的撞擊聲，把玄服一身站在他面前的朝臣驚得朝後一退，屈膝跪倒在地，頭下沉一些，沒敢抬起。他橫了眾人一眼，道：「命刑部尚書速差武士提拿祖士稚問罪。」

　　對於問罪祖逖，許多大臣都以為不妥，可又沒有人敢攖司馬睿之怒而站出來為之辯白。在殿朝臣中，許多人知道八王之亂後，太傅司馬越偽以晉惠帝司馬衷名義，詔命封地江南者屆時離京師就藩的司馬宗室五王[03]，同時衣冠渡江東去，後來唯司馬睿位嗣晉統。早在太安年間，即有童謠曰：「五馬奉命南渡江，一馬得道化為龍。」

※

---

01　冕冠的一種，即晉朝將冕冠頂部的冕板加覆於通天冠上。

02　亦稱旒、斿，即冕冠前後懸掛的玉珠串。

03　琅琊王司馬睿、西陽王司馬漾、汝陽王司馬佑、南頓王司馬宗、彭城王司馬紘。

這兩句童謠，正對應了司馬睿登極皇位。

隨後，這首童謠傳來傳去傳為：「五馬渡江一化龍。」將司馬睿承運天道、紹續晉嗣渲染得更為直接而明白。

載於稗史的還有一條異聞，即相傳《玄石圖》[04] 記載了牛繼馬後讖語。司馬睿的祖父司馬懿以為會有姓牛之人取代司馬氏，但他的麾下姓牛者唯獨牛金將軍，便將牛金鴆死。哪知後來復有小吏牛氏與他的孫媳婦夏侯氏勾搭成奸，生子司馬睿，成為司馬宗室後繼。

謠傳不足為憑，然是時那些竭誠擁戴司馬睿繼承皇位的江東臣民，則以為上天既定，人事難違，況且又符於中興之兆，都把司馬睿奉為真命天子，對他尤為敬畏，絲毫不敢觸犯。今日今時的司馬睿，這才能夠並用文武，垂拱而治，享受著朝臣翼戴的一代帝王盛名，也備嘗了異志臣子攻訐的困擾。

較長時日的困擾，使司馬睿心中很是惱恨。他很想把王司空諫他「謙以接士，儉以足用，清靜為政，撫綏新舊」的話見諸行動，做一位為政講政德、御下講仁愛、政治修明的君主，但背後總有謗誚之言飛來，說北伐原本就是轉移朝廷權臣構釁爭鬥的虛招，與石勒是否通使交市橫豎一樣。這又使司馬睿覺得祖逖很有心機，刺激得他瞬間突破以往那種暗弱，立時變得非要問罪祖逖不可，他說：「士稚暗通寇敵，罪不可逭，宜速

---

04 　預言凶吉語圖記的讖書。

# 第三十七回　功未遂將星殞雍丘 起疑心大帥殺騎兵

議其罪，從快懲處。」見沒人出班奏言，他轉動血紅的眼睛搜尋刑部尚書的身影，卻忽然問道：「王司空，你不會也不贊成朕問罪祖士稚吧？」

王司空慌了一下，急切之下竟答不上話來。

司馬睿沒有責備他，只在靜靜地等待他的回答。

王司空，名王導，字茂弘，與他兄長王敦出自北方豪門大族琅邪王氏，為躲避八王爭權中原戰亂而隨了北方一些世家貴族流徙南來。顯赫的家世與個人出類拔萃的機敏與才情，使兄弟兩人很快成為藩鎮江東的司馬睿幕僚群體中的核心人物──王導總攝機政，王敦專掌征伐，輔佐司馬睿政治集團劍走偏鋒，不與八王爭朝權，而是專心治理江東，鏟平孫吳王朝末代皇帝孫皓的後人孫璠等地方勢力策動掀起的動亂，施行「鎮之以靜，群情自安」的方略，平衡南北門閥貴族利益，穩定上下政局，振興農桑，使百姓富足，對司馬睿這個藩王能在中原風雲變幻激蕩的那段日子，於江東度過十年偏安生活並順利登基稱帝，功居第一，連司馬睿改穿袞冕法衣登上寶座即皇帝位的當殿，都請王導並升御床，嚇得王導惶遽伏地跪拜謝辭。由此，江東人傳言「王與馬，共天下」。但後來，司馬睿見身為晉武帝司馬炎駙馬的王敦漸懷異圖，疏遠了王導，專以丹陽尹劉隗、尚書令刁協為心腹，稍抑王氏之權。劉隗、刁協得勢，同時上殿進至元帝御前奏請盡誅王氏，司空王導率從弟中領軍王邃及宗族二十餘人，每天跪在殿堂門外廊階之下待罪。御史

中丞周顗上表陳述王導為忠賢之臣，有聯絡南北世家大族佐帝登極之功，規諫元帝對這樣忠誠為國的臣子要信任，若是把誣枉王導的話當善言而虧待王導的既往之勳，則會出現禍亂。元帝司馬睿看了奏表頗有感悟，賜還王導朝服，仍對他委以重任。他這時候也許有意讓眾臣僚看出他對王導的依然倚重，點名要聽聽王導之見。敏悟睿智的王導，知道司馬睿是一位舉措猶豫、用人躊躇、長於朝議而不善明斷之主，在他出班行禮時看見司馬睿怒顏未消，心中的那種畏怯抑使他不知如何陳述，方可既不加重晉元帝怒容，又可免除祖逖的牢獄之災。他吐吐氣，回道：「如果把士稚與石勒通使交市看作是過，那麼他把石勒南侵大軍從兩淮之間逼退回河水之北，足可補其過。如果臣言之在理，這便省了煩勞廷尉的差事。」

司馬睿道：「不拘你怎麼規諫，朕還是以為士稚不奏而與賊寇石勒通使往來，誰說得清他私下裡做了些什麼？王司空，你能和朕說清嗎？」

心緒漸漸歸於平靜的王導，司馬睿這一問又把他驚出一身冷汗。緩神之間，實想再看看司馬睿的臉色，來決定自己該怎樣回稟。待眼皮向上抬到一半，又趕快掩下來。因為他覺得看聖上顏容喜怒說話或行事，未必就是忠，依然以往常那種誠實言事的直率之風說道：「以臣數年之審察，憑士稚的本性德行，不會貳心於晉。」

## 第三十七回　功未遂將星殞雍丘 起疑心大帥殺騎兵

　　元帝司馬睿半轉身體退了半步，瞟一眼武班行列的劉隗，讓他說說該不該問罪祖逖。

　　原任丹陽尹的劉隗，是時已簡命為鎮北將軍、青州刺史，督青、徐、幽、平四州諸軍事，坐鎮淮陰。名為假節領兵征討石勒，實備王敦突發異行，因此司馬睿尚未遣他遠離京畿。他已弄明偵探所報不實，司馬睿誤聽誤信。所以邊望王導，踮步出班向司馬睿恭敬一揖，直言不諱諫道：「陛下不可。」

　　一國之君的金口玉言，就這樣被劉隗的四個字給否了，這讓司馬睿顏面何存？司馬睿憤然直視劉隗，劉隗微微笑道：「臣說不可之由，大抵有三：其一士稚是江南北伐唯一戰將。那時的他，在胡寇勢強、山河破碎的情狀之下，自募義兵，自籌餉秣兵械，渡江禦敵；第二士稚與石勒之軍交鋒數十戰，為我朝奪回河水之南大片國土，享有獨一無二的抗擊胡寇英雄盛名；第三士稚原為中原鼎沸之際避難江左的北方人，雖非行伍出身，卻也是陛下欽命的正牌將領，他嚴以治軍，愛士恤民，以德勝人，功績卓著。眼下，因有人畏懼士稚之智之勇而借題詆毀，使我君臣紛擾，然唯一不變的事實是，士稚的戰績還在、盛名還在，罪罰於他，臣民何服？」

　　司馬睿抬手一指，道：「且住，你說的『畏懼士稚之智之勇』所指何人？」

　　劉隗眼睛兩邊瞟了瞟，微微搖頭不往下說。看出他意思的

司馬睿，略仰一下頭，道：「今日朝議且到此，劉愛卿劉隗留下，其餘退朝。」

朝臣出殿之後，司馬睿將劉隗召來自己身邊，道：「殿裡就你我們，你可盡言。」

劉隗目光從殿門方向抽回，恭施一禮，道：「其實也不是什麼祕事，微臣只是不想讓那些亂說有害君臣禮儀的事，加大一些人對陛下的嫌隙。」

司馬睿悵然而嘆，噓氣道：「不用迴避。處仲之行，已經明朗化，只差擇日歃血祭旗起兵了。」

劉隗道：「處仲遲遲顧望不動者，唯懼周士達、祖士稚威名。此二人既有政治韜略，又將精銳之眾數萬在其側。這些部眾，都是周、祖兩位將軍勤勉教化出來的強將猛夫，每臨戰，皆願為之效命，威懾得處仲不敢輕舉妄動。屯兵襄陽的梁州刺史周士達病歿之後，今又生法陷害祖士稚。臣查詢過了，向朝廷密稟士稚圖謀不軌的偵探，正是處仲差人假冒的。」

聽見司馬睿嘴裡嘟噥了一聲：「假冒？」

劉隗立時跪倒在地，奏道：「處仲嚴防外人刺探他的內情，難防內部人向外透露有關他的消息，那人便是臣的內線。臣得到的情報真切無誤。如果以假冒偵探所稟之情疏遠或者罷黜士稚，恰如拆障礙放強人進來。放強人進來將造成怎樣的後果，陛下您比臣更清楚。」

## 第三十七回　功未遂將星殞雍丘 起疑心大帥殺騎兵

　　殿裡話語未盡，殿外有人自稱祖豫州使者來報軍情，司馬睿命劉隗到殿門將使者領入。那使者小心趨至司馬睿面前跪倒下拜，又向劉隗拜過，取出奏表遞給劉隗轉呈上去，司馬睿接到手上看看，問道：「祖將軍常駐雍丘[05]陣前？」

　　使者道：「回陛下，他每憂練兵積穀，預備踏過河水進攻羯趙石勒。因前時謀劃收復齊魯之地，命蔡將軍蔡豹東擊徐龕，在下邳[06]大敗徐龕兵馬，蔡將軍進據下邳城[07]。不料那徐龕想挽回敗局，求助於羯趙，石勒差遣部將王伏都將三百騎兵相助，圍攻蔡將軍，蔡將軍連日派人告急。小人起身之時，他正焦急調兵去馳援蔡將軍，不知此時走了沒走。」

　　司馬睿將奏表塞到劉隗手裡，謂使者：「祖將軍還有什麼交代沒有？」

　　使者搖了一下頭後，立刻又道：「他讓小人奏聞陛下，他對擁兵自重、各自為戰，有時還向互相攻伐的滎陽太守李矩、洛陽太守趙固、河內太守郭默三人遊說，曉以大局，三方已和合可用。祖將軍探明，目今後趙石勒用兵在東，長安劉曜大兵在西，他的車騎大將軍游子遠集重兵屯據雍城[08]，直攻隴右[09]。」

　　殿門外又有人快步走動，聲音頗為響亮，是穿著韋履踏在

---

05　西周名杞，為杞國都城，春秋初始名雍丘，在今河南杞縣，秦置杞縣。

06　秦置，治所在今江蘇睢寧西北古邳鎮東三里。

07　在今江蘇睢寧西北古邳鎮東。

08　在今陝西寶雞東北。

09　古地名，泛指地跨陝西、甘肅界的隴山以西地區。

堅硬路面的那種聲音，隨見殿門衛士隔門朝裡探了探頭，那使者以為又有人來覲見司馬睿了，停住說話等在原地。劉隗趁這個時候，把拿在手上看的奏表伸向司馬睿，指點上面的字句，道：「士稚已經寫清楚了，說不可錯過這個多時不遇的用兵機會。他已將部眾集結在河水岸邊，待命直攻襄國城，也請陛下慎斟可否欽點一位將軍統領滎陽、洛陽、河內三地之兵，過潼關向西佯攻，以防劉曜之眾東援石勒。」

司馬睿略看一眼劉隗指點的那段文字，很有些感慨地站起來在地上走動。劉隗實以為不該讓他看奏表上的那幾句話，道：「陛下您……」司馬睿向他搖了一下手，道：「祖士稚費了許多精力為朕操勞戰事，他的大謀劃讓人看了都會感到機不可失，可是朕調集兵馬最快也不少於旬日。」司馬睿停住腳步，轉身凝視使者，道：「你回覆士稚，他的用兵之略極好，待朕與大臣朝議之後酌定。你可以走了。」

使者告退出殿，司馬睿說道：「處仲不戢，兵馬怎可北發！」

劉隗道：「臣知道。臣是向陛下陳明祖士稚誠信可靠，將才難得。」

幾句話說得司馬睿低下了頭，道：「朕一切都明白了，休要再細說。朕為政不明，差點害了良將，還是他王處仲屢屢想置士稚於死地而沒有得手的人，最後想借朕之手害他，朕糊塗。」

見司馬睿甚是不快，劉隗忙扶他坐了。

趁司馬睿內心愧疚，劉隗道：「士稚一軍在北，一肩為我扛了兩個趙國的南侵，其氣概甚佳。臣以為陛下應遣使犒師，勉勵士氣，以利北進。」

司馬睿道：「朕也有此意，並令士稚命蔡豹將軍再擊徐龕，若延宕不前，嚴懲不宥。卿按朕的口諭知會尚書省[10]擬旨辦理去吧。」

劉隗深俯下身，道：「臣領旨。」

※

犒師的朝使來到祖逖大營，宣諭司馬睿詔令，督祖逖繼續北進。祖逖領命驅兵攻略，很快奪回了蔡豹丟失的地盤。之後數月，司馬睿不見有什麼新的進展報來，偵探刺探到的盡是後趙國那邊的將領石虎克青州，略地數城，已有轉兵南伐聲勢。這戰情，又使司馬睿懷疑起祖逖來，旁邊幾個臣僚說「用非其將，只能忍受疆土淪失」。司馬睿尚未審清此話用意何在，就著急下詔簡命尚書僕射戴淵為征西將軍、司州刺史，鎮合肥，都督司、兗、豫、冀、並、雍六州諸軍事。

兩軍陣前的祖逖，沒有接到皇帝簡命戴淵主持六州諸軍事的諭旨之前，留在弟弟祖約家的親族部將跑來雍丘進見他。跪

---

10　兩晉時期設尚書省、中書省、門下省三省，御史臺，少府監、將作監、國子監、軍器監、都水監五監，既是機構，又是官制。尚書省掌管奏報正事、出納皇命以及將皇命詔示宣告內外等事務，是朝政運轉的權力機構。

拜畢，稟告了朝廷的詔旨內容，甚為不平地說連你祖逖都在姓戴的節制之下，當朝大臣中庶子[11]都說那詔命對祖將軍不公……

啪嚓，一卷尚未拆開泥封的軍牒摔到几案前面的地下，一看便知祖逖是用這種方式抑止親族部將的憤懣。那親族部將呢，仗恃他是跟隨祖逖一起避難江東的范陽遒地的鄉黨親族，便不服氣道：「陛下不識兵，拿根鈍木當利劍。像戴淵這樣沒有軍事才能的人怎能統督六州諸軍事呢？還不讓末將說他！」

伏案閱批軍牒的祖逖把筆往案面上一放，道：「不用你說，對戴淵我比你更清楚。他是廣陵人，年少時喜好出遊，在洛陽為盜時結交盛名文壇的陸機。陸機識其才器，舉薦給趙王司馬倫，任命為主簿。我朝惠帝年間的那場令人心寒的八王之亂中，僭號稱帝的司馬倫敗歿，戴淵才過江依附當今陛下，得到朝廷信任，官至尚書僕射。這都是早已明白的事，還有什麼好說的！」

看出祖逖臉色陰沉得很，親族部將不敢再強辯下去，只在想祖逖擺出這些無關緊要的東西，無非是要勸自己不可私下妄論朝廷用人的長長短短，但他把捨命征戰收復河水之南失地，而讓並未點滴戰功的戴淵輕取督六州諸軍事大權這等無功受祿、有功不賞的倒置之形一概憋在肚裡，承受著不公，而這一切，將會把他壓垮、摧毀。親族部將轉向旁邊的侍從，想讓他們端些湯水給祖逖，祖逖卻睜大兩眼盯住他，道：「是我弟弟差你來的嗎？」

---

11　官職名，是皇帝、太子、丞相的侍從之臣。

## 第三十七回　功未遂將星殞雍丘　起疑心大帥殺騎兵

　　怕祖逖再發火，親族部將先望了他一眼，巧妙地回說自己也想來陣前看看將軍。原想透過這句話把別的意思遮掩過去，可是心裡很緊張，又把一些話吐出來：「祖祭酒[12]很在乎祖家的富貴尊榮。他知道將軍並非那種邀權貪勢之人，然詔命一個本非將帥才略者凌駕於將軍之上，以後的仗還怎麼打？所以他囑託末將轉告將軍且按兵息戰，看看朝廷對您有無新的差遣。」

　　祖逖感到司馬睿對他的疑忌遠沒有消除，嘆道：「他（祖約）讓我以此要脅朝廷授官晉爵，我可做不出來。再說，我兵以義動，遲緩不進，恐失天下之望。」

　　親族部將把頭深深低下，屈膝跪下，道：「是末將私心，請恕罪。」

　　對親族部將此際的窘迫之態，祖逖又深加體恤，從案後走出來把他扶起，說了一些人非聖賢，誰心裡還能沒有一些雜念的話，就轉向侍兵做了一個讓他過來的手勢，話還沒有說出口，就耳聽得門外腳步走近，是長史領了兩個人進來，施禮說道：「他們是蔡將軍差來的，後趙的兵馬圍攻下邳甚急，請派兵馳援。」

　　祖逖思索了一陣子，道：「你傳我將令，使梁將軍打我將旗壯威，率一千人馬先去。」長史領命退出，侍兵走過來問祖逖有何吩咐，他指一下親族部將，道：「你領他到後帳進食去。」

---

12　王敦曾命祖約為軍諮祭酒，是王敦屬下幕僚，而非官職。

沒想到，親族部將暗中還在說一些朝廷用人非才之類的話，祖逖憤然把他叫到中軍大帳，怒道：「收拾一下你的行李，馬上回到我弟弟那裡去。」

　　很清楚祖逖的氣生在哪裡，親族部將撲通跪下，道：「不是末將不遵您的囑咐，是下頭將士為抱不平，末將說了幾句。若因這事命末將回去，末將沒有怨言，只是末將是祖祭酒差來伺候將軍的，回去怎樣回覆？」

　　提到祖約，祖逖也不好太辜負弟弟的一番好意，就把親族部將留在軍中，參與軍機。有次親族部將幫祖逖畫圖標注河水渡口及主要驛道名稱之時，問起祖約為什麼不願按王敦命他修晉史之事，親族部將回話中連帶出了劉隗、刁協與王敦矛盾日益加劇的一些事情。祖逖聽了以後，料定朝廷將有內亂，他的北進義舉將要斷送在河水南岸了，兩眼盈淚長嘆，道：「我志復中原，老天爺偏不讓我活下去，此生無望了！」

　　祖逖憂悴生病，一干將弁跪請送他回建康醫治，他搖頭道：「我備位豫州，今中原未靖，即便天不假年，也不可為了身患小疾擅離職守。」

　　帶病堅持陣前未竟之業的祖逖，這年九月走完了他五十六歲的生命，帶著太多的遺憾殞命雍丘。當初，他率領部曲過江誓清中原，今壯志未酬身先死，豫州士民皆淚下，懷念這位為北伐耗盡心血而倒下的英雄。

## 第三十七回　功未遂將星殞雍丘　起疑心大帥殺騎兵

　　死了起於義憤、墜於憂患的將星祖逖，所有的北進討伐後趙而選擇的過河水渡口、突襲路線、糧草濟運等，似乎都落在參軍都尉和親族部將為他草擬的簡冊之中，司馬睿北進無望。

　　※

　　祖逖死前，差遣去增援蔡豹的將軍所率領的那支兵馬，還沒有完全進入與徐龕、王伏都作戰的廝殺陣地，蔡豹的將士就邊抵抗邊搶了些糧食敗逃了。徐龕想奪下邳城，占有下邳之地的統轄權，引領王伏都的騎兵追趕蔡豹，想把他消滅了，只因人困馬乏，追了大半天也沒有殺掉蔡豹。徐龕回到營帳剛要坐下來休息，王伏都就威逼他要他派人送美女。不久後，徐龕領了一干女子送給王伏都挑選。王伏都草草看了一眼說，已經送來了，那就都留下吧。王伏都安頓了這些女子，又罵罵咧咧向徐龕索要金錢、玉帛。到了夜間，王伏都的騎兵嫌鋪榻潮溼，就去搶占徐龕部卒的鋪榻，兩廂爭奪動了刀槍，死傷數人。

　　這徐龕原來流竄活動在兗州至泰山一帶，西晉末年，聚集流民數千，在兗州一境以劫掠為生，幾年後被推為流民頭領，割據泰山郡，東晉元帝封他為泰山郡太守，不久又脫離東晉要依附後趙。司馬睿聞訊生怒，差遣將軍蔡豹率兵圍剿。徐龕借助後趙部將王伏都帶領的鐵甲騎兵之力，與蔡豹交戰雖然得勝，卻後悔向後趙求援怎麼求來這樣的兵。

　　忽然間，一聲「大帥」凌空傳來，徐龕極不耐煩地轉身，

衝門呵斥道：「叫，叫，就知道叫，把他趕走！」

呵斥聲將背倚帳門一側枯樹打瞌睡的守門軍吏驚醒，執劍過來驅趕來人。那人跪下說明他是回營來見大帥的偵探，守門軍吏一聽，向帳裡通稟了一聲就放他進去了，徐龕沒讓他行禮，先說要說的事情。

偵探說了一則軍情：後趙左長史、大將張敬帶領一萬大軍長驅直入從南面開來，前哨已入東平[13]。此報令徐龕頓生疑心，思量著自己沒有向石勒二次求援，是何又來一萬之眾？他把這個疑點說給偵探聽，那偵探拍著腦門想了又想，想起張敬部下兵卒說過的一句話：「到下邳、宿預那邊有事。」什麼事？他沒辦法知道。這麼一說，徐龕的疑心更重了。這一帶就他與蔡豹兩支敵對的兵馬，蔡豹在下邳城不出，沒有惹他石勒的什麼人，所來一萬兵馬要打哪一方？

疑慮重重，徐龕趁夜去見王伏都探口風，王伏都用《孫子兵法・始計篇》裡面的話「兵者，詭道也」回答他，意思是大王和大執法用兵他哪裡知道。

事實上，王伏都沒有說假話 —— 後趙偵探探得晉將蔡豹退入下邳，石勒想一舉將他消滅，於轉年（西元三二一年）二月，使左長史張敬繼王伏都之後將兵一萬而去，事前沒有通知王伏都，他當然一無所知。

---

13　其時縣治在今山東東平北。

## 第三十七回　功未遂將星殞雍丘 起疑心大帥殺騎兵

　　徐龕回到大帳，還一直在想王伏都說話時的眼神，好像有什麼陰謀，難道是前來滅他徐龕？次日旦食，徐龕命部卒預備了豐盛的宴席，搬了百壇醇釀，把王伏都所部騎兵請來，捧起青銅酒爵獻酒，說今日在此宴饗助本帥初勝晉兵一陣之功的王將軍及其所率的將士們。自然，徐龕把自己麾下那些嗜酒如命又會勸酒的兵卒，分別安插到每張膳几。憑仗這些人的熱情勸飲，把王伏都的騎兵灌得無一不醉，有歪斜睡的，有靠在土坑上、膳几上或者人靠人手指別人說自己沒有醉的，也有咧開大嘴巴傻笑亂吼的。陪在徐龕、王伏都身邊飲酒的那個長相似一隻土色陶罐的矬子，胡喊亂罵地吵鬧，忽一轉身伸手向空中指道：「你們將軍大帥，就像頭頂上的老天爺，是蓋在我上頭的一個爺，一個爹，爺爹，我這廂有禮了。」看動作是要面向徐龕、王伏都跪下磕頭的，卻軟軟地爬了下去，斜撅屁股歪著頭。

　　眾人正圍在那個矬子旁邊說笑起哄，徐龕突然下令，道：「給我殺！」

　　一些將士問道：「殺，殺誰？」

　　徐龕指了指醉倒在地的王伏都眾人，道：「這些醉漢。」

　　眾將士直愣愣地盯住徐龕，道：「大帥，他等可是您請來的援兵，為什麼要殺？」

　　徐龕呵斥道：「連本帥的話都不聽了？」

　　站在前面的一個兵卒說聽，卻並不動手。

對這些騎兵，徐龕可不是沒有想過是他請來的，昨夜差不多一整夜都在想，請兵請來匪了。對這等匪，殺不是，不殺也不是。殺了，難逃惹下石勒的罪名；不殺，對不起死傷的兵卒與被姦汙的民女不說，連自己締造的這支師旅也全得賠進去，於是他放開嗓門吼道：「我知道爾等佩服這些騎兵的勇猛善戰，不願加害援助我們打敗蔡豹的人，可是不殺，難道要等到石勒大軍以王伏都之眾為內應，一舉滅了吾等嗎？」

眾人臉上滿是疑慮，又定定地盯住他們的徐大帥。

徐龕看出憑自己的說辭難以服眾，轉身朝後一望，召來昨夜來報軍情的那個偵探，偵探重複了一遍張敬領兵南來的軍情，眾將士驚怔之下，開始動手。

或許是砍殺聲驚醒了王伏都，他抬手去砸昏沉沉的頭，手抓劍柄想站起來阻攔，卻左右搖晃站不穩。他用佩劍毫無目的地指了指，道：「吾等是趙……趙王的……的兵，不可不……可殺。」他又用拳頭砸一下腦袋，把劍當棍子拄住站穩。看見徐龕還在殺人，他執劍撲過去刺向徐龕。徐龕一閃，奪了王伏都手裡的劍朝地上猛一摲，隨勢抓了王伏都的手臂將他摔過一邊，躍身過去抓住王伏都腦後頭髮抓起他的頭，道：「你睜眼看看本大帥殺的是什麼？殺的不是兵，是匪。後趙國王石勒治軍紀律嚴明，絕不私其所有。你看看你們，要女人，要財物，石勒麾下哪有這號兵！」

## 第三十七回　功未遂將星殞雍丘 起疑心大帥殺騎兵

　　王伏都發直的眼珠轉了轉，道：「是匪？匪殺，匪殺，去給本將……將軍取酒……酒飲。」

　　王伏都胡亂說了這些後，就又昏睡了過去。徐龕部眾將王伏都和他所帶領的三百騎兵悉數殺光。

　　把人殺完了，有人提出一個假設：倘或這支南來之兵沒有歹意呢？

　　徐龕略有所悟，想著若對方真沒有歹意的話，那他徐龕可就慘了。

　　他臉色發白，呆呆地坐下來擦汗，冷酷的目光在橫七豎八的屍體上打轉，血汗的氣味使他噁心，他乾嘔了一口。一個部卒聽見乾嘔聲，趕緊向他走來，徐龕問道：「你說，王伏都所帶三百騎兵哪裡去了？」

　　這個部卒躬身參禮，道：「殺了。」

　　徐龕站起來一掌朝這個部卒的臉上打去，部卒的臉當下脹得像戽斗。徐龕卻並不理會他的疼痛，問道：「到底哪裡去了？」

　　這個部卒指一下地下，道：「殺了，是大帥您親口下令殺的，這些屍體為證。」

　　徐龕拔出佩劍，劍光一閃，這個部卒的頭就掉了下來。將士們見同伴無故被殺，立即向徐龕圍過來。徐龕不等眾人開口，急以同樣的問話指名一個高鼻梁的小校回答。小校被嚇了一跳，用力摸住脖頸壓壓心跳，想著大帥不願讓人說殺了，那

麼如果把殺變成跑，大帥是不是會滿意呢？他這麼想著，小心回答了一聲「跑了」，卻馬上一擺手，道：「不不不，是王將軍率領他的騎兵投奔江左司馬睿去了。」

徐龕輕輕點頭，道：「算你機靈，轉得快。」

徐龕站到一具屍體上，大呼道：「爾等聽清楚了吧？王伏都背叛了後趙國王，率領他的全部人馬投奔江左司馬睿去了。」

眾將士情願的不情願的，都跟著回道：「聽清楚了，他等投奔江左司馬睿去了。」

徐龕用劍敲敲腳下的屍體，道：「誰不這樣說，他就是下場。」

眾將士道：「吾等盡知大帥之意。」

三百具趙國騎兵屍體掩埋在野外的一處荒坡，不起墳堆，胡亂扔一些樹枝、亂草、石塊，徐龕看了嘿嘿笑道：「王將軍和他的部卒全都投奔司馬睿去了。」

人常說，世上沒有不透風的牆。石勒得知徐龕殺他大將王伏都及三百騎兵後，當即差遣中山公石虎將兵四萬，馳往東平與張敬會師，而後南攻徐龕。徐龕探得趙軍兵勢甚盛，萬分驚懼之下，差使送妻孥到後趙國都城請降。

在後趙國，呈送到朝裡來的奏表、軍牒等都是張賓代石勒閱處。這時候他伏案翻閱石勒批給他的幾道奏表，程遐的侍衛撩開門帷進來向他躬身揖禮，說道：「張公，殺我三百騎兵將士的徐

## 第三十七回　功未遂將星殞雍丘 起疑心大帥殺騎兵

龕，見中山公、左長史大軍壓境，今送來妻孥請降，可是大王要斬之雪恥。我主人以為不可，讓我來問問您如何諫止。」

張賓把奏表擱下，隨了那侍衛來到建德殿前，朝執刀待命行刑的武士招手喊一聲「且慢行刑」，正正衣冠趨步進殿，站到程遐眾人前面，躬身向石勒施禮，石勒伸一隻手，道：「請右侯坐。」

近兩個月來，張賓身體欠佳，石勒為照顧這位讓他敬重有加以忠貞為本佐君治國理政的右侯，在陛座前面特設了一個座位，只要張賓樂意，不論朝會或者單獨召見，他都可以坐在那裡與石勒議事。張賓這回沒有坐，他說他看見綁在斬椿上的徐龕妻孥了，但此刻還不可斬殺他們，也不需要命中山公與左長使現在就南攻徐龕。

三百將士無故被殺，把石勒氣得肝膽俱裂，道：「天不佐惡，不滅徐龕，怎可安慰三百英靈？」

張賓道：「如果現下攻徐龕，晉將蔡豹雖然勢孤，可他還有上萬兵馬，必然趁勢伐我，與徐龕唇齒相依的青州曹嶷，也不會袖手旁觀。一旦幾方聯兵，只怕中山公、左長史會幾面受敵。臣以為大王當暫且息怒，許徐龕歸降，也不要為難他的妻孥，這樣可與徐龕共擊蔡豹。蔡豹一撤，趁勢東進，轉攻曹嶷，齊、魯、梁、宋之地可盡歸大王之手。」

石勒邊點頭邊朝殿門外望了一眼，讓內侍將徐龕妻孥帶下

去安排館舍。這一善舉，前來送徐龕妻孥的使者非常感慨，連夜騎了快馬回去奏報平安。徐龕微笑著說知道了，你下去吧。瞬間又繃緊了臉，憂慮起來：石勒雖然准降，但自己以那種手段殺他三百騎兵這筆賬，他能不清算嗎？當然他也想到，現在妻孥在石勒手上，只有立功補過，許能化解怨結。他伏案草就一封書信，上面寫了一條北攻南截合擊蔡豹的計策，命那兩個部屬帶了去見石虎和張敬。石虎命人馬上與徐龕約了時間，從東平出兵發起攻擊。蔡豹出馬與張敬一交手，感到自己不是張敬的對手，敗下陣來領兵撤退，途中被料定其退路的徐龕攔截打得大敗，又縮回下邳。

　　一戰未了，一戰又起。蔡豹還在四下收羅被打散的將士，南面卻來了許多兵馬包圍了他的屯兵大營。他率眾揮戈混戰多時，才弄清楚是自己一方北中郎將王舒的人馬。蔡豹怪他事前也不知會一聲，以至於造成誤會。王舒呵呵一笑，忽地一變臉色，揮手說道：「誰跟你誤會，綁了！」

　　蔡豹以為他又弄錯了，道：「王將軍，你耍什麼名堂？」

　　奉晉元帝司馬睿差遣而來的王舒，眼望被捆綁起來的蔡豹，陡生惻隱之心，遂據實相告，道：「你的部將上表奏你不戰而退，陛下降旨拿你問罪。」他隨手拿出朝廷密旨給蔡豹看罷，然後拱手說一聲「得罪了」，當即用檻車押解蔡豹回朝覆命。

## 第三十七回　功未遂將星殞雍丘 起疑心大帥殺騎兵

　　探得蔡豹以戰敗丟失陣地之罪被晉廷斬於建康，石虎與張敬速出兵占領蘭陵[14]，調過頭來攻徐龕。徐龕倉皇退據泰山[15]，憑險抵抗，以圖自全，最終兵敗被擒，石虎坑殺徐龕降卒三千餘人。

　　戰事瞬間結束，石虎、張敬差人將徐龕押送回後趙國交給石勒。徐龕沒有求饒，只道：「我從來沒有想過此生不能善終，今日撞上你這個羯胡，我的命當了結在此刻了？」

　　石勒道：「是，此刻。王伏都三百人在那邊早已被你徐龕拿命來，能讓你活著來看一眼孤的國都，那已經是很不錯了，你也不要奢求太多。」

　　眾武士按照石勒授意，把徐龕裝進一個布囊裡從高處丟下摔死，還命他的妻孥吃他的肉。

　　得知徐龕被除的消息，原來仰承徐龕生存的一些郡縣及壁壘塢主，相率呈表投降後趙。盤踞青州的曹嶷，在石虎、張敬的攻擊下，也束手就擒，死在襄國城。

---

14　東晉大興年間僑置蘭陵郡，治所在今江蘇武縣西北。
15　在今山東泰安北。

# 第三十八回

## 貪權勢程遐謀仕進 遭讒言張披處斬刑

## 第三十八回　貪權勢程遐謀仕進 遭讒言張披處斬刑

永昌元年（西元三二二年），前已有病在身的濮陽侯、大執法張賓日見體力虛弱。

張賓之病由隨軍征戰積年戎帳和為國事操勞過度所引起，後因舉薦賢才遭忌心情憂鬱苦悶而加重。石勒立國稱趙王，加授張賓大執法總攝國政，諸事無所不統。他既得殫精竭慮輔佐國王裁決強國富民的軍機政務，又得依據賦納庫儲慮畫管理軍需、公屬與百僚衣食住行用度；既得督導勉勵僚佐員弁忠勤國事，還得為朝廷薦賢選能擢用俊才，也就因為把清廉自守、幹練而通政事軍機的張披推薦給趙王石勒，舉為別駕[01]，參知軍政之事，彰明張披在朝臣中的地位還會上升，竟招致一種潛在勢力向他迫近，使他很有些沮喪不快。正待坐到案後喝幾口湯水消悶，門口稟報徐參軍求見。張賓知道徐光來了，起身相接兩手前拱彎腰相迎。徐光以同樣禮節答謝，看出張賓面色沉鬱，關切地問道張公好像有什麼事窩在心裡，張賓支支吾吾搪塞過去。徐光見他不願透露，笑著說他也只是見張賓臉色不好，隨便問問而已。張賓也不想讓徐光看出些什麼，強顏歡笑說難道是這幾日政事繁忙，自覺有些疲累之外沒有別的。徐光又待了一陣子，陳說了要說的事，揖禮退出。張賓送出門外，拱手道：「恕不遠送。」

說來也怪，這天來見張賓人的特別多。旦食未畢，石虎、

---

01　官職名，四品。

張敬派的人送來牒文，報說盤踞齊地巨野澤、高平山匪敵與塢堡勢力已盡數剿滅。張賓帶了這一喜訊就要入宮，傳送和回朝稟告軍情的使者、偵探又接踵而至。

駐守北面邊陲的夔安幾位將軍差使前來密告，遼東鮮卑首領慕容廆與東晉太尉荊州刺史陶侃屢有密使暗通，其意圖尚不明朗。

從關中長安回來奏事的偵探二人，在覲見國王前，先來拜謁張賓，說劉曜大軍剪平秦隴，朝議趁晉廷內訌兵出中原。

退駐東燕的桃豹將軍，探得接替祖逖為晉豫州刺史的祖約，才具平平，不擅治兵，又無膽略，不敢舉戈北向。桃豹以為進兵機會來臨，已出三千精銳越河水去奪蓬關，請求朝廷速差遣將領率兵增援，並順勢南擊以取司馬家族殘破難振的江東之地。

……

張賓見太陽快走到半空，急使侍從把奏表、軍牒放到木盤裡捧起，跟在身後朝建德殿走去。閃過大殿東山牆，望見殿門口站著從事中郎裴憲、參軍傅暢。兩人見張賓走來，微笑前迎一步，施禮說大王還沒有從寢宮過來，隨又讓撫劍站立的當值侍衛，招呼張賓侍從趨步入殿，先把他捧的奏表和軍牒放到御案上。

張賓向裴、傅二人還過禮，相跟進殿。殿堂裡亂哄哄說話的僚屬，望見通天金博山冠[02]下的清臒面孔，知道大執法張賓來

---

02　即加金博山的通天冠，晉朝時已有此冠，到北魏用作皇帝禮冠。

了，都立即安靜下來。

　　張賓瞟一眼武班行列，側臉與一位寬頰圓胖的將軍說話時，石勒從殿堂旁門進入，直接坐到王位上，在殿的僚佐全都跪倒在地，高呼：「臣等拜見大王。」

　　石勒雙手虛扶一下，待下跪朝臣都起身恭肅站立，才發話問眾臣僚有何事奏。

　　參軍續咸也要在今日早朝把石勒命他承辦的幾件事情回稟上去，所以石勒問話一落他就拱起手，腳步還沒有邁出，掃見張賓已經跬步出班躬身施禮，他忙把身子朝後一挺站定，心想只怕今日輪不到自己奏事了。

　　張賓禮畢，準備簡要稟奏所呈那些奏表、軍牒內容，看見石勒每拿起一卷奏表或軍牒，只是打開一抖就合起放下，道：「今日要議定的事多，右侯可揀緊的說，不緊的朝後擱一擱。」

　　張賓也想到東邊高平山、巨野澤匪敵的平定只是報個資訊，沒有必要細奏。慕容廆與陶侃不管有什麼謀畫，但南北懸隔只能是空忙一場。劉曜西平秦隴歷時四載，苦戰隴右勇士、晉秦州刺史陳安，追擊仇池楊難敵 [03]，說服涼州牧張茂稱藩，已是精疲力竭，沒有一年半載不會兵出潼關，唯有桃豹南進之兵已發，不能不馳援配合而行，說道：「現下要緊的，大王當在

---

03　仇池本名仇維山，因山上有池，故曰仇池山。為氐人楊氏累世據守之地區的仇池國，其地在今甘肅西和南洛峪。楊難敵也稱楊難擋，號曰白馬氐人，西元三一七年承父位繼任仇池國王，築仇池城。西元三三四年病逝，在位十七年。

中山公、張將軍、孔將軍三將中欽點其一為帥，以徒卒加騎兵數萬渡河南去，配合桃豹將軍奪回蓬關，而後越江取建康。」

石勒看了一眼沉著臉站立的裴憲，驟然轉謂參軍續咸：「那邊所探消息準確嗎？」

續咸沒料到石勒會在張賓跟他說事中間突然垂詢到自己頭上，神情緊張得不得了，兩眼邊望石勒邊前趨預備回話了，張賓倒又把南邊的事接上去，道：「啟奏大王，江左王敦謀反犯晉廷，殺死一大批僚屬將弁，此刻正是主崩將缺、軍心不穩之際，桃豹奏表所陳有理。」

石勒道：「死了一個祖逖，王敦便倡狂到這等田地？」

張賓道：「王敦有反心已久，只因忌憚周士達、祖士稚兩位名將的智勇在他之上，一直沒敢妄動。現在二將都死了，以天下無敵，狂妄而放肆地於永昌元年（西元三二二年）一月起兵二十餘萬，從武昌沿江東出犯建康。司馬睿一面詔命征西將軍、司州刺史戴淵與王導為都督，憑險治兵抵抗王敦兵馬；一面調青州刺史劉隗、尚書令刁協領兵保衛都城。劉隗冠岸幘[04]，懸佩劍，高視闊步，與刁協一起覲見過司馬睿，依計屯兵建康城外幾處要地，還密使譙王司馬承為湖州刺史，以牽制王敦。司馬承謝恩領職，說他的鎮所湖州在江水上游，如果王敦敢動，他便要在屁股上踢王敦一腳。」

---

04　古代的一種男子頭巾，推起頭巾，露出前額，形容衣著簡率不拘，儀態灑脫。

石勒呵呵一笑，道：「想法倒好，只怕他腿短腳笨探不到王敦的屁股。」

仍在與張賓對笑的石勒，忽聽有人也低笑一聲，轉臉見是劉隗，當下做出一個允他說話的手勢，劉隗道：「他的腳還沒有抬起來，王敦倒把他打敗殺死了。」

興頭上的石勒又笑了笑，道：「孤估計王敦比他精明，不會挨他一腳的。」

裴憲道：「王敦以清君側號令天下，蒙蔽了不少人，很快兵臨建康，攻占了石頭城[05]……」

程遐截斷裴憲的話問劉隗，道：「清君側是指你與刁協？」

劉隗道：「王敦指名要我們，司馬睿沒有交給他，還賜予兵符，放我們各領本部人馬逃命。」

石勒道：「這便把你清到孤這裡來了。」

在石勒與眾臣僚的哄堂大笑聲中，劉隗低下頭，呆呆地停了半晌，道：「要不是司馬睿天性仁恕，送臣這條性命，哪裡還見得上大王尊顏。」劉隗眼望還在說笑的石勒和臣僚，輕輕噓了口氣，道：「石頭對建康關係重大，司馬睿詔命將士為他奪回石頭城，然而在這場戰役中，王師的所有將領落了下風，幾路兵馬都被王敦打敗，氣得太子司馬紹躍身上馬要親臨陣前討伐王敦，中庶子溫嶠攔馬急諫，說您是萬乘儲副，怎可這樣輕天下呢？勸

---

05　簡稱石頭，又名石城，在今江蘇南京西清涼山上。

司馬紹罷了將兵親征之念，王敦得此空檔走向眾朝臣面前，對他忌恨的人進行耍弄、譏諷和屠殺，尚書僕射周顗、驃騎將軍戴淵數十人都死在他的屠刀之下。進入四月，王敦自行回兵屯據武昌去了。司馬睿雖然沒有被王敦威逼遜位，卻失去了重振乾坤的心思，累日神形悵然萎靡，極少臨朝理政，勉強到了這年仲冬之月，四十七歲的司馬睿鬱鬱而終，太子司馬紹繼位。」

石勒道：「你們建言出兵南伐，此時到底怎樣？不是說司馬紹聰穎智謀膽量、弓馬氣度都不一般嗎，他能不布兵嚴守江水和淮河？」

續咸道：「他自幼被推為奇童。有一次宴請長安來的使臣，司馬睿把他叫到宴前問他長安和太陽哪個近。他說抬頭見太陽不見長安，當然是太陽近。長大以後，通文擅武，好賢禮士。王敦二次起兵要奪晉朝江山，就是見司馬紹剛君臨天下就顯現出高超的御政才能，又是求賢求言、釐正朝政運作，又是走馬換將詔命親密摯友庾亮鎮石頭，調整揚州、湖州鎮守吏員等，無一不是針對他王敦來的。這使王敦以為不趁早滅掉司馬紹之朝，日久必受其制。」

劉隗也出班，奏道：「時光已將王敦推向六旬之齡，確已年邁體衰，又不甘於來到世上只當一回大將軍就算了事，急欲在有生之年滅掉司馬紹，改朝換代自己坐天下，以實現其終極追求，就於次年四月二次起兵攻建康。走到姑蘇因病臥倒軍帳而

不前，經過調養恢復可以前行了，機會倒不屬於他了。當時明敏機斷的司馬紹，聽從已改任丹陽尹的溫嶠和中書監庾亮、尚書令郗鑑幾位主戰派之見，決心興師討逆，還自帶一兩個隨從微服騎馬驅至湖陰窺探王敦兵營，被探馬發現報入大帳。王敦聽了說定是黃鬚鮮卑奴[06]來探虛實，命帳下五人快騎追拿。道旁賣餅老嫗說客人已去，留下這七寶鞭，說若有騎兵追來可把它給他們看。那五人回去說走遠了，追不上。王敦說馬過留痕，看一下糞便不就知道走遠了沒有？五人回說看過了，馬糞是涼的，只是他們沒有看出那馬糞是聰明的司馬紹用冷水澆涼了的。司馬紹得以安然還身宮廷，遂擬發征討檄文，親自坐鎮建康宣陽門外行營，加王導為大都督，統領兵馬沿秦淮水進兵討伐王敦。趕那檄文傳至王敦營帳，擺到案上，王敦越看越怒，本就怒大傷身，偏又見探馬報說前軍被司馬紹派遣的王師偷襲大敗，主將陣亡，王敦聞訊怒罵著從病榻作勢猛起，卻又仰跌回去，竟至氣絕身亡。主死幕僚散，王含、王應、錢鳳、沈充等一干叛將，各自逃亡奔命，途中多已被殺。」

從事中朗裴憲出班，奏道：「縱然司馬紹天生膽大，又有智謀集皇權於一身，調兵固守江淮二水防線，但終是國步艱危，士氣難振，只要我強兵臨之，他的防線不可能支撐多久。」

---

06　因為明帝生母是代郡人，其生狀類似鮮卑人，鬚色頗黃，所以王敦稱他為黃鬚鮮卑奴。

張賓怕石勒猶豫，借裴憲的話意說道：「裴公說的是。本來就是創業難，守業更難，又是在他爹留下的那個內有創傷未癒、外有王敦殘餘不靖的爛攤子上守，無疑會更難。微臣以為，依桃豹將軍之見南去，可謂正當其時，請大王斟酌出兵才是。」

張賓說到這裡，續咸見石勒轉臉對著自己，道：「王敦造反餘波未了，聽說又出現司馬紹新擢任的護軍將軍庾亮與蘇峻、司馬漾諸王互生嫌隙，時有爭吵，號令不一，極難形成統一對我的師旅。」

此際，石勒起身走出旁門，吸了幾口涼氣，復又返回殿來，默默站了許久，才垂下眼瞼看張賓，淡淡笑道：「右侯不用急，孤已有打算，留續參軍在朝承應諸事，你陪孤東巡幾個地方，包括觀渤海、泰山之景物。爾等不是說始皇帝、漢高祖遙遙千里還要去朝拜泰山嘛，襄國距泰山僅有幾日路程，也不過費資財，在殿眾臣都可以去。孤到了那裡，視情命將南去。」

張賓躬身施禮，道：「還是大王想得周密。」

※

後趙國王石勒這天進過旦食，帶領眾臣僚離開都城騎馬東發。這幾年，他已不親自上陣廝殺了，卻還是很喜歡騎馬外出。他騎在馬上，紫色傘蓋高張，前有執戈儀仗，後隨旌旗和衣飾一色的步搖[07]絳衣勇士三千執鞭為衛，扈蹕著走了一程，張

---

07　男子冠飾名，亦稱步搖冠，多用於北族武士，以示英武。

賓就渾身乏力，虛汗漣漣，幸虧他前栽之時摟住了馬脖子，才沒有摔下來。

忽聽身後人聲嚷嚷張公病了，石勒不顧一切打馬返回。其時眾人正攙扶張賓下馬，石勒也滾鞍下來伸雙手去扶。張賓在路邊歇息了一陣子，顏面才泛出些血色，手托侍從肩膀走動幾步，復要上馬，石勒勸他回朝稍事將養，復壯身體要緊。

是回，還是不回，張賓還沒有做出最後的決定，就聽見前面有人說：「張公盡可回去休養，這裡有我，我代你隨侍大王。」

隨了聲音落尾，張賓見眾人目光朝向右司馬程遐。早已夢想能像張賓那樣侍奉在國王石勒身邊的程遐，今日見此情形，心裡衝動起來。他自認為才高八斗，學識能力水平足可像張賓那樣應付朝政諸事，但就是得不到石勒的賞識，把自己大材小用了，耗費了自己的年華，甚至埋怨孔萇不該推薦張賓──之前他曾聽已故十八騎將領冀保說過，自己是孔萇援引給石勒的，張賓也是孔萇推薦的；孔萇既推薦了他，是何又推薦張賓呢？搞得他這般被動，還得趁這樣的機會去接近石勒，所以他把揚起的手緩緩放下，轉身款步向張賓這邊走過來。

張賓已忖出程遐是個自視其高的人，而此刻的招手和說話又異於往常一般表態性的那種模樣，心中竟有些反感。他何時學會以這種神態招手和說話了？曾聽支雄說過，程遐以前在管理荏平城堡的那段日子是個誠實的吏員，如今一個右司馬的加

身，倒把他加成這個樣子了？張賓還在思索這裡面隱含的意思，石勒卻在旁邊催他盡可放心回去，他只好跪下謝恩，道：「謝大王垂憐。」

起來以後，張賓轉身向程遐拱手，道：「勞程公代賓隨侍大王。」

程遐躬身答禮，道：「不謝，不謝。」

※

張賓將息在襄國城，卻時常叫來尚書省要員詢問河水之南的戰事，有些地方呈送的奏表、軍牒也直接傳到他手上。從這些奏表牒文中看到中山公石虎已從兗州、徐州揮師南略，石勒再遣都尉石瞻、司州刺史石生又南渡河水與石虎大軍形成鉗形攻勢，很快打破了祖逖在世時維持的局面，奪回了被祖逖占去的河水與淮河之間的那些郡縣。他正要命侍僕去取些新近軍牒來看，守門兵卒領著前來看望他的參軍續咸和程琅、李寒、庾景幾個人進來，張賓揖禮請諸人坐下，不說別的，專問前方戰況。續咸拱了拱手，道：「大王讓張公靜養，不讓對您說朝事戰事。」

張賓呵呵笑道：「續公你看，我這不是好轉多了嘛。再說，也只是聽聽。」

續咸看著他晃動的身形，道：「從大王那邊傳來，石瞻寇彭城，擊敗晉朝守將劉續；征虜將軍石佗率兵直驅至酇西[08]，大

---

08　今河南永城境。

敗王師，俘獲晉將衛榮；晉將劉長一些人被嚇破了膽，惶懼撤退到了淮河之南的壽春才停下來。」庾景接著道：「但我軍的南征腳步仍未停息，前天偵探回來稟報，說中山公和將軍王陽、石瞻從兗州、豫州、徐州將兵以強勢之舉攻壽春，祖約南逃歷陽，他的北伐大軍全被趕到淮水之南。」

庾景微笑著望了望屋門，道：「我在想，這樣打下去，江左不日可得。」

張賓搖搖頭，輕聲道：「不容易。」

續咸一揚眉，道：「為什麼？」

張賓道：「因淮水之隔、江水之險。」

續咸、庾景聽了只是愣著，程琅卻向張賓拱手，道：「張公，憑您的兵略，還能沒有別的妙招？」

張賓道：「時下我國、劉曜、晉三方，先敗者可能是劉曜。」

李寒直望張賓，道：「從勢力看，劉曜比晉強盛得多，為何先敗的不是晉呢？」

張賓活動了一下腰背說，各個王朝基本上是用賢臣事成，用不肖之人事敗。東晉從司馬睿到司馬紹不聽邪說，聽正言，任用賢能之臣，聽從丞相王導，躬勤庶政，又江隔地利，三國時的孫氏王朝能坐穩江左，就是一槽江水為他擋了曹操的幾十萬大軍。從地利上講，前趙疆域也有多重關隘防禦外敵入侵的條件，八百里秦川又是養兵飽民的寶地，只是內部隱患 —— 王

權腐敗、禮儀失常 —— 大於外部，劉曜本身是酒色帝王，對賢與不肖者往往不能正確識別，身邊多阿諛奉承的佞臣，良臣遠離廟堂，寥寥幾個一心想輔佐朝政的賢能之吏又得不到真正的重用，不能很好地依從堅守古道正義行事，他不可能長久。若能先平定關中，沒有了他的兵力牽制，那時可以全力集大兵或取道漢中滅成漢，從巴蜀之地順江東出，或從中原直接南下越淮渡江攻取建康，要比現在容易些。

　　李寒搖動大拇指讚許張賓之見時，續咸廨庭來人叫他有急事，拱手告辭先走了，程、李、庾三人又與張賓說了一陣子話以後才走。張賓想戰局重新倒轉到自己一方來了，興奮得撩開門帷出了門外，踮起腳跟縱望南天的遠方，卻一下子頭暈眼黑，向前栽去，嚇得侍衛們連忙伸手將他扶定站了一陣子，隨後挽了手臂返回屋裡，服侍他躺到臥榻。張賓兩眼直望門口，說他恐怕見不上大王了。侍衛們說張公您不要嚇我們，張公您福大命大造化大，不會有事。幾個人守在榻邊，服侍張賓睡去。

　　沉睡了一天，張賓醒來一睜眼看見石勒守在榻前，連忙坐起來揖禮，被石勒按住了雙手。

　　東巡歸來，石勒沒有回宮，先來看張賓。見他榻頭堆疊的幾卷軍牒，像下軍令那樣讓他且不要耗費精力看那些東西。張賓點頭承命，石勒小坐一陣子，有事先回寢宮。不看前方戰情牒文了，張賓就又想起舉薦拔擢張披這件事來。沒有占誰的位

子，也沒擋誰的升遷之路，為什麼暗裡總是傳著一句話：是何出來一個張別駕？

有一回張披問張賓，道：「這句話是對您孟孫公，還是對我張披？」

張賓本來對這件事就很困惑，此時張披又問，他聽了憤憤出一口氣，道：「姓張的薦姓張的，你我都姓張。」

這話使張披聽了心裡很惱火，很想援引「舉賢不避親」，說姓張的就不能舉薦姓張的了？但他馬上又想起支屈六說張賓近來心情不佳，急把這話壓下。他見張賓一直沉著臉，心想不如走開。剛站起來，張賓眼睛一橫，道：「坐下，你若嫌我說的話不中聽，以後就不要來聽我講。」

張披愣了愣，無奈坐下來，道：「孟孫公的意思是說，可能既對您，又對我。」

張賓喘著粗氣，不吭聲。

張披蹙額道：「那我如何為好？」

張賓咧了半晌嘴，道：「這個？聾。」

讓張披裝聾作啞不予理睬，可自己至今卻還在胡猜亂想「是何出來一個張別駕」這句話背後是否隱有某種權謀。他被這團疑雲困擾得搖頭嘆氣時，守門侍衛領了程遐進來，他便從鋪榻上坐起拱手迎客，道：「程公請，請。」

程遐躬身還禮，道：「恕程遐看望來遲，張公莫要怪罪。」

張賓朝面前的座位伸一下手，道：「請坐。你我一殿同僚，誰會怪罪誰呢？」他坐得累了，略微挪了挪屁股，道：「倒是東巡歸來的，包括大王都來了，就缺你。我還以為大王又委你什麼重差事了。」

　　程遐道：「那不是還有張別駕嗎？」

　　張賓聽出程遐好像是說軍機重事輪不上他，便和顏作笑，詰道：「那你怎麼不早來看我呀？」

　　程遐倒沒有吃透張賓的話意何在，朝前一彎腰，低聲道：「世子興（石勒長子）前幾天病歿，大王說您在病中，嚴禁告知您。」卻又馬上擺動兩手說：「算我沒說，沒說。」

　　但張賓聽了，命侍僕為他取來衣冠，要入宮看望石勒與王后劉氏，程遐急忙出言勸止，道：「萬不能去。您去了，大王追問是誰壞了他的禁令，那不露底了？」

　　話到這裡，張賓想了一下，道：「好，我就做一回不誠實。」說罷，他揚眉看著程遐，道：「你當想到大王失子之痛，好好侍奉他。」

　　程遐說出一聲「有張別駕」，站起來微一俯身就告辭而去。

　　今天程遐口中頭一回說及「張別駕」，張賓已聽出些別的味道。程遐臨走又說一聲「張別駕」，使他更在意了，再加上程遐不屑的眼神與不恭不敬意氣自揚的辭禮，讓張賓立時敏悟到不滿張披擢升為別駕的就是程遐──他既妒張披的被重用，又怨

張賓憑權勢弄走了他的得力謀士張披。

※

　　張披家世清河[09]，早年為遊俠的時候得識程遐。程遐聽人說他有些才分，招攬至門下，後來辟為長史，深得程遐信賴。那年章武人王脩聚眾起事科斗壘，縱兵搶掠擾亂相鄰的河間、渤海幾個郡縣，百姓叫苦不迭。石勒詔命揚武將軍張夷出任河間太守、參軍臨深出任渤海太守，各將徒卒騎兵三千赴鎮，以綏靖二郡的安寧。

　　大凡渴望仕進之人，總在不斷地設計改變自己的命運。後趙建國不久就委任桃豹、逯明幾個人出任刺史，那時程遐雖很眼饞，又覺得自己沒有資本與十八騎起事創業的元老桃豹、逯明他們相比，現在眼見得比他來到石勒麾下遲的張夷、臨深都當了太守，就想也得有一方施展才華的天地。這想法，被張披察覺到了，說程遐若想外任，自己可以給他一條錦囊妙計。張披見張遐點了頭，陪他進宮說於其妹程妃，不過一個月即得到長樂[10]太守的頭銜。

　　在長樂期間，張披助程遐嚴政令明職守，力革弊政，境內治理雖日漸清明，但一些百姓擔心王脩兵搶掠，還是不安於農。因此三個月頭上張披幫助程遐寫了一道奏表，陳述若能派

---

09　在今山東臨清東北。

10　在今河北冀州。

遣一支兵馬屯駐河間、渤海二郡偏西之地，以牽制王脩之眾，則王脩不敢出掠擾民。

覽此奏表，石勒連贊程遐長進不小，當下口諭幫程遐增加騎兵數額，命他移屯昌亭，為河間、渤海二郡聲援。

過了些日子，張賓察知程遐那道奏表出自張披之手，命支雄護衛來到冀州巡看蝗災，專程繞道長樂做客。太守程遐介紹屬下掾史提到長史張披，張披正從一個侍僕那裡接過一陶碗溫熱湯水往張賓手上遞，張賓把手一讓，示他先給支雄，支雄沒有接，反而手托張披肩膀低聲吩咐他：「你好生招呼張公。」

張披露出儒雅溫情的笑臉點了一下頭，轉身侍奉在張賓身邊。張賓趁此打量張披，見他身形高大，英俊卻不輕佻，豁達而又有幾分沉毅，談及治政軍事，通曉且應對得當。據此，一個郡守手下的小小官員張披進入了大執法張賓的法眼，以王佐之才推薦給石勒而發旨徵召入朝，擢任別駕之職，參知政事軍機。

張披一走，程遐身邊沒有人為他出主意了，沒有人與他推誠治政。一想到這些，他就認為是張賓生奸挖走張披，拆了他的臺，看他笑話。有一天，程遐私下對一個親信說，他要給張賓一點顏色看看。那個親信說張公是大王智囊，您對他使計，不就是對大王嗎，還是不要招惹他。程遐哈哈大笑，道：「陰陽輪回，事有倒轉，張大眼睛等著瞧吧。」

## 第三十八回　貪權勢程遐謀仕進　遭讒言張披處斬刑

　　那親信覺察出程遐要算計政治軍事才能都在他之上的張賓，神情頓時緊張得急出一聲：「啊，您要……」

　　程遐忙道：「我知道你想說什麼，可你最好什麼也不要說。」自那時起，他埋頭憋氣等待時機。這時機說來就來了——待石興喪事過後，一些大臣進言重立世子，石勒按周公傳下來的立嗣以嫡的古制，頒詔冊立石弘為世子，擔任中領軍之職。

　　石弘是程遐之妹程妃所生，石興死後石勒從諸子中立他為世子。石弘之立，程遐榮路天來，血液陡然沸騰，使他官欲膨脹，以皇親國戚之便，樹威於朝野。時過數月，程遐被免去太守之職調回朝裡做事。有一天，他趁天微黑，獨自溜進後宮，把他的許多心思說給程妃聽。程妃連連搖頭，道：「你不要背後說人。大王對張公常懷欽敬之心，說他對大王有輔弼推立之功，然他沒有恃功自傲，處處篤實恭勤侍主，方正做人，是個賢臣。」

　　程遐道：「大王自然不能說張賓不賢，可私下有人稱他張二王了，他自己聽了既不制止，也不向大王稟報，你說他賢不賢？單只張賓薦張披這件事來看，他已經在培植自己的黨羽了。這樣下去，用不了多久石家的後趙國就變成他姓張的國了。」

　　程妃沒有想到程遐會說出這樣的話，心裡好不自在，含怒道：「我不信，你出去！」

　　程遐說他還有話說，才說了一句「為兄我這都是為了大王之位」，就聽見門外斷喝道：「是何還不走？」

這是劉王后的聲音，程遐把劉王后催促侍婢的聲音錯為斷喝他了，俯身揖禮退了出去。程妃沒有起身送他，她在想該不該按程遐之意進言。

程妃是以一個穿著輕裾和承雲鞋的形象走進石勒視線，又走進石勒懷抱，再走進石勒所建後趙國宮廷的女人，很清楚石勒還沒有立國時，就以歷來君理陽道、后治陰德的古制立下一條規矩：後宮不得干政。稱王之後，再三重申此規沿用弗廢。可程妃從來就不是甘願一輩子只做男性配偶的人，她更在乎以王宮貴婦的身分威名人上。入宮以來，她不像劉王后那樣得寵而不驕，謙遜知禮，循守本分，不問朝政軍事，而是很快打破了那條後宮不得干政的底線。等到石弘被立為世子，程妃仗恃母以子貴，對一些臣僚和將佐的為人做事品頭論足，有時還涉及政治軍事。今天夜間，石勒臨幸程妃，她趁便向石勒吹枕邊風，道：「這幾天臣妾聽人議論，自從張賓把與他同為遊俠出身的張披推薦為別駕後，門客日達數十，不知都結交些什麼人，恐非社稷之福呀。」

石勒吃驚道：「你既然知道，是何不早告孤？」

程妃沒有應聲，然她非常清楚石勒至為相信張賓，他的殿前不能沒有張賓這樣的信臣，她吊起嘴角一笑，道：「大王忘了臣妾是女流之輩了。再者，也怕此中訛言不實，害了張賓。以國朝之安計，大王一朝之主，獨斷朝綱，且除張披一人即可。」

## 第三十八回　貪權勢程遐謀仕進　遭讒言張披處斬刑

石勒向來果敢與自信，他猛地打斷程妃，道：「不用說下去了，這不是妳該操心的事。」

※

相隔數日的朝會上，石勒眼望殿前眾臣，道：「張披張別駕何在？」

遂見下頭一人躬身回道：「別駕身染小恙，在他屋裡。」

石勒臉色陰沉，道：「今日國事繁多，右侯不能上朝，張別駕又不來，只好改日再議了。」

是時，右司馬程遐出班，奏道：「臣昨日去看張別駕，見他同一干人在屋裡閒坐胡扯，難道是已經痊癒。大王如果差人召他，庶乎可來。」

石勒點頭，口諭道：「速召張披上殿。」

張披身體不適，兩三天都沒有邁出門檻一步。這時候張敬差一名侍衛召他速上殿見駕，偏巧他去探望張賓去了。領命去召他的侍衛也不尋找，返來殿堂回覆說張別駕不在他屋裡。石勒聽了，當下想起程妃說的「不知都結交些什麼人」的話，心裡這就既怪張披不守正道，又怪張賓怎麼推薦這樣的人來做別駕，難道僅僅是同為遊俠出身之故嗎？石勒霍地站起，發狠下令，道：「再差人去，如若二次召他不至，必斬！」

當日午時，程遐來看張賓，進門就說道：「張公不去看看別駕嗎？這個曾經使您賞識而推崇為國之大器的張別駕，此刻可

是階下囚一個，大工已把他綁在斬臺上了。」

病榻上的張賓聞言一凜，呼的一聲坐起，問道：「何罪斬他？」

程遐暗笑，道：「今日早朝張披沒有上殿，說是有病在屋裡，大王差人去召，又不見他在屋裡將養，這便惹怒了大王。」

張賓一聽，立刻怒起，道：「你使張別駕到哪裡去了，你不知道？為何不當殿奏明？」

這話問得程遐心裡甚是慌張，道：「張別駕之行，我哪知道！」掃見張賓兩眼直視自己，趕緊低下了頭，道：「哦，我哪……」

自以為在張披這件事情上的嚴密與詭詐天衣無縫，不會被人識破，到頭來還是未能瞞過張賓，這使程遐又一次恨自己才不如人。其實這回並非張賓未卜先知，而是程遐不知道午前張披來看望張賓的時候，已經把誰讓他來看望說了。張賓這時候仍然一雙眼睛怒視著程遐，道：「你是不是想說你哪裡知道張別駕做什麼去了？可你倒說說『濮陽侯張公病情加重，你現下趕快去看看他』，這話是誰和張別駕說的？當時張別駕說頭暈目眩明日去吧，又是誰說還是今日去，去了還能說一些話，明日可不一定了。若不是你這邊哄騙他來看我張賓，那邊差人去召他，他能在屋裡嗎？」

## 第三十八回　貪權勢程遐謀仕進 遭讒言張披處斬刑

　　程遐啞然無語，張賓心裡好不是滋味，又道：「原來看你人模人樣的，不像個太計較權勢的人，遇到利害相關的事體，會以仁為先、以義為重，我還一直向徐光、孔萇說你的長處，從張披這件事上看，你枉為人臣！」

　　張賓這時候想程遐進門時說的那些話，很像是專門來此氣他的，霎時臉色變得越發陰黑，把侍僕剛遞到他手上的一碗藥湯摔了。

　　摔藥湯的響聲，駭得程遐像個半死的人，偷望張賓一眼。程遐知道張賓的通天本領，要是他把此事上奏給大王，要斬的不是張披而是自己了。他咽咽唾沫，狠抑一下心悸，所有話語都卡在喉間。苦思半天之後，想到小妹程妃乃當朝世子之母，他傲然說道：「莫說不是我程遐要害他，就算是，那又能怎樣，嗯？」

　　說罷，把臉高高一仰，嘿嘿笑著抬腳邁出門外。

　　尖酸刻薄話語的詆訕與狂笑這些挑釁的本性倏忽表露，讓張賓感到不救張披，他的性命頃刻就會斷送在這個挾勢弄權的小人之手。想到這裡，他急忙穿上常朝之服，讓兩個侍僕攙扶下榻，扶病出門要上殿覲見大王講情，但剛出了門，覺得去了若是不向大王奏明程遐事前騙張披，使其外出探視自己的病情，就救不下張披；如若奏明此情，程遐便有詭詐欺君之罪。大王真要不以皇親國戚代替王法而治他死罪，那會使程妃與世子精神上受不了。還有，大王也不可能不提來張披親自勘問，

聽聽他的訴說就把人斬了吧？

　　想到這些，張賓轉身回屋坐下。他決定自己先不出面，只命一個侍僕跑去刑場看個究竟。不多時，那侍僕跑著回來，說他去了刑場，程遐站在已經綁在斬臺上的張披面前，說道：「大王命我問問你還有什麼話要說？」

　　張披道：「要斬就斬，說了能不斬嗎？」

　　程遐道：「這話表明你服罪了，我這就去回覆大王。」

　　身邊的裴憲忙躬身施禮，說道：「張披說的是氣話，程公不可照此回覆。」

　　程遐聽都不想聽，轉身就走。參軍傅暢眼望前走的程遐，只是搖下頦嘆氣。裴憲臉孔黑著，連推帶拉與傅暢、李寒幾個人趕緊往程遐走的方向跟了過去，看樣子是要連袂覲見大王。就在這時，忽聽劉王后大聲說，張披就是有罪也不是死罪，從那邊跑過來。裴憲諸人趕快迎了上去，好像想讓她出面去救人。意想不到的是，程妃領了一大干侍婢在她前面跪下一地，說大王已坐實張披有罪，不便前往。劉王后一邊說張披的人品才華和事功都在人間，不能罔顧事實違背良心害他；一邊出手猛撥開程妃朝前走，程妃拉了她的那一干侍婢一字排開，正面擋，側面堵，攔住了劉王后……

　　程妃跪攔劉王后，說明程遐背後是程妃，兄妹二人聯手加害張披。劉王后如若受阻見不了大王，裴憲他們只怕也無濟於

　　事。勢態急迫，張賓的一顆心都快要跳出來了，他手指使僕，
喊道：「快快快，快扶我去刑場！」

　　兩個侍僕見張賓已從座位上站起，搭步上前扶了他就走。

# 第三十九回

## 幽恨拂鬱張賓病卒 賞功罰過徐光坐罪

## 第三十九回　幽恨拂鬱張賓病卒　賞功罰過徐光坐罪

還沒有走到刑場，就聽迎面跑來的人說張披瞬間人頭落地，張賓登時神智一昏，眼黑腿軟咂的一聲栽倒在地……

侍僕們用力將他扶起，問道：「張公，扶您回去吧？」

張賓一聲不吭。

侍僕們邊看他陰沉的臉邊道：「張公，事情已經這樣了，還是回去吧。」

依賴侍僕們之力，張賓站定，兩眼淚汪汪，哀嘆不止。侍僕們聲聲勸慰他回返，他卻急切地朝前望去，望見的好像盡是程遐監斬張披那一刻的奸詐神情，這使他滿含淚水的眼睛一下子變得全是怨氣和怒火。他怨程遐潛心設計陷害張披，怨石勒不查清事實就生生地把張披斬了，怨恨自己，恨自己沒有去諫阻石勒，他黯然神傷，心頭悲憤湧動，不覺心中大喊了一聲：「張披！」

此時令他最傷心悲痛的，莫過於富有棟梁才略的張披被斬，此時他一來體力匱乏，二來極難承受的憤懣壓抑，已是嘴乾嗓啞，想喊卻喊不出來。他彎下腰去大口喘氣，侍僕們趕快幫他撫胸，呼吸才慢慢勻和下來。

傷心地回到屋裡，侍僕們攙扶著張賓朝臥榻上躺，他猛然將榻頭堆疊備閱的簡札、軍牒、奏表撕得粉碎，又出手推倒藥鍋，砸爛藥碗，才躺到榻上閉眼生悶氣。

寂靜之中，聽見一個侍僕對另一個侍僕說道：「還是你去，

不要誤了服用。」

張賓睜眼望一下門口，半爬起來直指侍僕，喝道：「回來！」

侍僕道：「小僕是去買藥。」

張賓兩眼冒火，道：「我命你去買藥了嗎？」

侍僕道：「是小僕以為藥鍋、藥碗碎了，得去重新買來。」

張賓心想，就算服藥不死，在類如程遐這種仗恃王權忌恨良臣之人當道下，又有何用？他的歷來行事多為人，少顧己，寧肯苦自己，也不願彈劾為世子和程妃帶來難堪的醜惡之行，擺手道：「不用了，張賓不會再服藥了。」

兩個侍僕道：「那您的病……」

張賓搖頭道：「我的病，由他去吧！」

兩個侍僕默視了一下子，見張賓仍然怒顏滿面，輕輕走近榻前，跪下道：「張公您要這樣說，小僕們就不去了。」

※

回朝探視張賓病情的大將孔萇，從張賓屋裡出來，踏上甬道入殿陛辭，把張賓以病去職引退的奏表轉呈給石勒，石勒覽畢，憮然良久，道：「是哪件事讓他想不開？」

石勒不知此刻張賓因張披被斬而對塵世一切心灰意冷，也不知他再無心思踏進權力變幻妒意橫生的後趙王朝的殿堂一步，只以一雙凝滯的眼睛直視孔萇，很像要等待他給出一個答

案，而孔萇邊擦眼淚邊告訴他的是：「張公已躺在臥榻等死。」

「等死」一語，讓石勒非常震驚，道：「怎可這樣？藥不服，話不說，鬱悶臥榻，小疾也會釀成大病不是？」

孔萇道：「說話還是說了。」

石勒追問：「說了些什麼？」

在張賓那裡，孔萇曾勸張賓服藥，張賓說人都死了，還服什麼藥！孔萇聚神緊盯張賓，半天都沒有想清這句話意指哪裡。現在他又沒把原話照實回出去，只道：「張公說停幾天看看症勢。」

石勒問道：「你看他病情如何？」

孔萇略一搖頭，道：「裨將不是御醫，哪能說清這個。不過從面相上看，比徐光、王子春說的情狀枯瘦虛弱多了。庾景那天去看裨將時說，張公急欲療病強身佐大王平江左，出兵路線都想好了，然今日我見他神情十分沉鬱，極不如常。說到前方戰事，他說他的事就剩下死了，沒有一字提到前幾天與徐光、王子春、庾景他們說的那些想法。」

石勒猛挺身看向孔萇，道：「想的就是死？」

孔萇道：「張公是這樣說的。」

石勒嘆一聲，道：「這才過了三五日，怎麼倒什麼也不管不顧，光剩下死了？」

孔萇皺眉，道：「他說話帶氣，是不是誰傷他了？」

石勒一仰頭，道：「不會，他胸襟寬，官品好，向來儒雅內斂，自持正道，不阿從君意，不苛待下屬，處事平穩周詳，又在那個職位上，誰會傷了他！」

見孔萇沒什麼話要說了，石勒又拿起奏表看了看，隨後推過一旁，安排過幾宗緊事，快步來到張賓居室。一看近於彌留狀態的張賓，石勒驟然淚下，道：「右侯啊，你不能……孤的朝全靠你，沒有你，誰來為孤籌劃支撐？」

張賓幽恨不答，因為他內心的悲憤始終沒有消除。

石勒湊前一步，坐到張賓榻沿，道：「你得按時服藥，孤唯願你快些好起來，與孤共取天下救蒼生。」

張賓長嘆道：「有生有死，天道使然，誰也逃不過，無須勸賓服藥。」

石勒道：「你服藥，與天抗爭，孤以為老天爺會對你讓步的。」

張賓望望石勒，隱隱感到他來得這麼急促，料定孔萇和他說了些什麼。怕石勒也像孔萇那樣追問等死的原因，張賓便揀他最想聽的話說道：「大王不必在乎張賓，歿了我張賓，國朝照例會內有百揆，外有州牧；照例會有人輔佐治政撫民；照例會有人為大王出謀劃策鎮邊拓疆，有望四海歸一。多少年來，張賓習研史籍，稽古察今，洞觀天下，從商周至秦漢以來，歷代開國帝王多始於西北，集強兵揮師南向平定諸雄而得天下。

今大王應趁江左司馬氏、巴蜀李氏、長安劉曜三個王朝之中，或權臣構亂，或將寡師瘁，均無力與我抗衡之時，可先取關中秦雍，然後以洛陽、長安之地為據而出兵攻伐司馬氏與李氏二國，何愁海內不為大王所有！」

他對自己忠心為國考選的棟梁之材的張披被斬，一星半點沒有流露，石勒仍舊懵然無知。他此時對張賓說的這番話，似乎只知道點頭，道：「右侯所教甚當，待你身體復壯，就佐孤用兵關中。」

張賓緊閉雙眼，嘆道：「大王還是忙您的朝事去吧。我不是說過修養之法嗎，養身得動，養心得靜，我是在養心。」

明主也有糊塗時，張賓已經含蓄地說出他的病害在心上了，石勒卻沒有明白這一點，只覺得張賓的話是在婉轉地趕他走，所以他站起來命張賓侍僕拿了原來的藥單去取藥，道：「孤今日專門來看右侯服藥的，你不服藥，孤不走。」

石勒不走，張賓皺起眉頭想了想，說我服我服，可石勒還是不走，一直等到侍僕取藥回來，煎好端給張賓服下，才離開張賓居室。

石勒把御醫李永派來，細心為張賓診脈之後，回去覲見石勒，施禮道：「張公的病怎會突然成了這樣？他神情沉鬱，整日不說話，似有怨氣鬱結在胸。」

石勒思忖半晌，說道：「孔萇將軍也有過這樣的疑問，可是

他能有什麼怨氣呢？孤與他互尊互讓，謙和治軍理政，沒有發生過不愉快之事，別的人誰又敢讓他受氣！」輕輕搖了一下頭，石勒才又轉臉對李永，道：「這方面的事不存在，過一兩日你再去看一下病情有無好轉。孤可是要靠他取天下的，你當盡全力為他治療。」

李永回道：「臣謹遵吩咐。」

可是李永同樣難測張賓那種幽微而反覆變異的悲憤心情，所開出的藥不對症，服也無用。

又過數日的旦食之時，張賓手托侍僕肩膀走到門口朝外面望了望，而後催促侍僕去為他取飯食，待侍僕取飯食返回，他早閉了雙目。

一代智星隕落了，他是帶著不願吐露之症走的，走得那樣迅疾，令世間幾人悲泣幾人喜。

石勒一再扶靈盡哀而泣，哀慟之聲震撼群僚，追贈張賓諡號景侯。

臨葬張賓時，石勒親自送至正陽門，一雙溼潤的眼睛直直地望著遠去的棺梓，流淚道：「天不欲成吾之事邪，何奪吾右侯命之早矣！」他唉聲嘆氣地對文武臣僚說：「右侯闊達大節，胸懷一統天下之謀略，雖子房、蕭何，不過其才，孤能有今天這樣的基業，實張賓之功勞。孤還沒有酬謝他，老天爺就早早奪去了他的性命，使孤痛惜邪！」

## 第三十九回　幽恨拂鬱張賓病卒 賞功罰過徐光坐罪

　　被譽為後趙賢臣的張賓，自任大執法以來，既躬親百事，又重視百僚，舉薦重用賢才，許多人都是在他的愛護教導提挈之下成長起來的。他們也都哀戚張賓之死，侍隨石勒跟在裝載張賓遺體棺柩的靈車後面送他出了城門，俯身致哀後，復轉身來勸石勒，道：「臣等願大王節哀。」

　　石勒在內侍和張越、劉膺幾位臣僚的攙扶下，拖著沉重的腳步回了寢宮。

※

　　張賓死後不久，石勒詔命程遐為右長史，統攬國政。至此，程遐盼望多年的職權到手了。

　　程遐以外戚貴幸。他也想像張賓那樣輔佐石勒做幾件樹威於朝野的大事，用權力改變一切，但他沒有張賓的智慧和能力，放在右長史的位置上確非所長，在許多重大事情的殿議與處置上，不是拿不出意見，便是不能明斷。每逢如此之狀，石勒的心彷彿被掏空了一樣難受，每每黯然長嘆，道：「右侯因病早去，讓孤與此等鼠輩謀事，真是殘酷耶！」

　　石勒很討厭與比起智略兼備臨事敏決的張賓相差大半截的程遐坐在一起議事，又因他是程妃之兄，沒有辦法將他一腳踢開，就時常藉故察聽民情，帶三兩侍衛出宮門，行走街巷看一些商賈肆鋪買賣和物物交換，無意中聽到士民對中原士人在朝廷的數額及士民居處方面的一些議論。後趙之朝的官員品階，

84

張賓在世時制定為五品，後來參考巴蜀李氏王朝的官制改為九品，並在朝廷上下堅持尊賢育才，以彰有德，下令朝中各廨署和州郡大員，每年向朝廷舉薦秀才、孝悌、賢良、諫士、武勇等各一人，以使中原士民中的有識之士能被吸收到各級政權中來，爭取他們對國朝的支持和擁戴。

多次征戰得勝而遷徙至襄國城的族落戶丁逐漸增多，襄國城已成為集漢、匈奴、羯、鮮卑等族士民為一城的雜居之地。石勒從所見所聞中發覺這種混合雜居，雖有融合互補的一面，但也有因性情習俗不同而滋生事端的一面。雖然已然制定了各族人和睦而居的常法，下達了禁胡令，但還是時有摩擦出現。石勒姐夫十八騎將領之一的張越被殺、兵卒馮翥受責罰，事因都出在一個「胡」字上。他愧疚張越之死，思索如何避免類似事件的重演之時，想起君子營的人讀古籍給他聽時，說過古籍中的一句話 —— 「法為治之正」受這句話的啟示，石勒一方面重新頒布法令，告誡國人凡事皆依法而行，懲治那些不知奉典守正之徒；另一方面置公族大夫，整飭管理各族士民事務，各族間的是非爭執才少下來。

在流動征戰的年代裡，石勒好微服夜出檢查兵營宿衛。現今雖然固定居住宮闈，素來養成的這種習慣仍然沒有大的改變，趁了這天夜裡天陰地黑，他微服來到永昌門，被門吏[01]王假

---

01　守衛城門、宮門的官吏，後趙時又稱門侯。

擋住盤問。石勒見對方沒有看出自己的身分，往前站了站，道：「吾等出城有事，半個時辰以後回來。」

門吏王假參詳一番，道：「腰牌呢，拿你的腰牌出來我看看。」

夜間出入宮城實行腰牌制，是石勒頒的詔令，但今夜他想試一試宿衛門吏履職的寬嚴，專意不帶腰牌還假裝摸摸身上，賠笑道：「啊呀，你看我只顧走，忘了帶，請……」暗使一個侍衛回去取腰牌，另一個侍衛取了一些錢往王假手裡塞，道：「請行個方便，行個方便。」

王假將塞錢的那隻手猛一擋，感到硬邦邦的像一隻功夫不淺的練武之手，莫不是大內高手？哼，不管他，說道：「這位客人，此處是宮闕禁地，見腰牌放行是大王下的命令，你幾個不帶腰牌，還使賄耍弄我們，不像正經人，我要拿了你去見大王講理。」

聽了這話，氣得侍衛倒挑雙眉，出手就去抓王假，道：「你敢侮辱人？待我讓你知道知道是不是正經人！」

但他的後領口被人扯住了，當他急扭頭後看扯他的是不是石勒時，王假的宿衛兵卒見勢撲上前來捆人了，身後面也傳來一聲「不得無理」的大喊，喊話的是回去取腰牌的那個侍衛及門臣祭酒王陽。王陽一掃眼前情勢，跪下拜道：「臣拜見大王。」

王假聽見背後一個兵卒說「大王，他是大王」，抬眼對石勒

細看一眼，渾身發抖撲通跪下，只知叩頭，半晌才道：「臣等不識大王尊顏，適才無理太甚，當斬。」

隨同王假宿衛的兵卒全都跪倒在地，道：「請大王治罪。」

石勒笑了笑，招手讓王陽起來，又把王假等眾人扶起，道：「治罪不治罪，明日殿堂見。」

第二天旦食將過，王假做好了赴刑受死的一切準備等在殿堂外，聽殿裡傳出旨意：「宣永昌門吏王假入殿見駕！」

明顯聽出不是去刑場，而是入殿堂，王假倒還是按照赴刑的心態來覲見石勒。他宿衛宮門多年，頭一回被石勒單獨召見。一進殿門他就俯首彎腰趨步而前，跪到殿心，拜道：「罪臣永昌門吏王假拜見大王。」石勒讓內侍將王假扶起，一臉微笑，說道：「你秉公執法，有嚴格履職之功，孤授你振忠都尉之職，賜爵關內侯，謝恩歸列吧。」

無意間的盤查行人出入竟得到侯封之爵，王假心頭先自一熱，不覺朝前一彎腰爬了下去大哭不止。王陽怕他的哭惹怒石勒，傾身勸道：「大王擢升你官爵應當高興，不可再哭，快快謝恩才是。」

誰知這一勸，王假哭得更厲害了。痛哭中，王假結結巴巴說他是高興：「夜來盤查冒犯大王，論律法沒有不斬之理……我王假從來沒有想過仕進，這回倒因盤查宮城城門行人出入，得到大王拔識，讓我怎能止得住眼淚呢？」

## 第三十九回　幽恨拂鬱張賓病卒 賞功罰過徐光坐罪

　　聞聽此言，石勒轉臉朝殿門望了望，口諭把王假的兵卒都召進殿來。這些人顧盼一眼王假，就匆忙跪到他的後頭感謝，「恩同再造，恩同再造」地說個不停。

　　坐在案後的石勒，呵呵笑著走出來去扶王假等眾人，道：「不必這般，只希望你們好生盡職盡責警衛宮城之門，以靖國都，退下吧。」

※

　　領御前侍衛兼宮廷宿衛令的石會將軍，看見石勒抿嘴笑著讓伺候的人幫他更換便服，也微笑著問道：「大王笑什麼，是不是又要去永昌門？」

　　因石勒回味起那天夜間微服出行試探永昌門吏的事很有意思，此時心血來潮，要外出暗巡，道：「去苑鄉。」

　　苑鄉之地，漢朝時本為南巒縣苑鄉城，後來荒廢為閒廠之所，稱作苑鄉。永嘉年間，地方割據勢力渠頭游倫、張豺擁眾起事，盤踞於此。建興二年（西元三一四年）二月，石勒北襲幽州刺史王浚，在柏人殺游倫後，為防範其餘孽滋事擾民，於此置苑鄉縣。縣令到任，自然求的是一方平安，用心用力，亦征亦撫，這便招致那些散居縣境的匪盜和有權力背景的塢堡的不滿，屢屢聚眾偷襲縣廨，使苑鄉縣的庶政舉步維艱。石勒先後差遣支雄、石越將軍駐屯數月，那些塢主和零散遊卒這才向縣廨屈服歸順，縣令邀來各塢主宴飲，守門小吏突然來報：「大

王駕到。」

縣令慌神而起，急忙吩咐掾史和侍僕們將宴飲場合移到後庭，自己帶了一班吏員出來門外跪迎，道：「苑鄉縣令迎駕來遲，實為不敬，請大王見諒。」

石勒此行不張傘蓋，不擺儀仗，只命程遐、徐光和四個侍衛隨侍。他自己頭戴束髮冠，身著披風，裡面一襲大袖衫，腳穿草鞋，類如士庶裝束，一邊下馬一邊略露幾分笑意，道：「是孤吩咐不許他等事前知會你，起來吧。」

說話之間，徐光已把縣令扶起。

縣令望一眼石勒，深躬下身揖讓出手，將眾人請至廨庭坐了，自己又向石勒恭施一禮，轉身與程遐、徐光拱手見過，方緩移腳步往一旁站定，極想探問一聲石勒悄然而來之意，卻只咧了咧嘴沒敢說出來。

石勒自是看出了些什麼，笑謂縣令：「是不是還在為沒有遠迎至縣界怕孤計較這件事？若真是這樣，你就多心了。還記得吧，數月前你說苑鄉民心安穩，百姓豐衣足食，請孤來看看，孤一直抽不出身。今日原打算順大陸澤北看過苑鄉一些鄉間民情便回去，因為朝裡還有一攤政事。」

這時他微瞟了一眼程遐，馬上又想到當如何接話圓場這等事還得徐光來應變，遂轉臉看向徐光，道：「是徐參軍進言，既來到苑鄉了，還是見見縣令的好，是以臨時動議來了。」

## 第三十九回　幽恨拂鬱張賓病卒　賞功罰過徐光坐罪

徐光道：「事前來不及知會你迎駕。匆遽是匆遽了些，然這可是大王對苑鄉偏愛有加，還不謝恩？」

縣令忙相接兩手前拱一俯，屈膝跪下道：「謝大王。」

接受縣令的行禮之後，石勒坐下來查詢了一些庶務，一一備指所行事功和弊端，縣令滿心感激地謝道：「謝大王賜教。」

當夜大地靜下來的時候，縣令命人秉燭和端了溫熱湯水來到石勒歇息的庭屋。他先從侍僕手裡接過燭光放到几案上，再接盛湯水的陶碗朝石勒手上遞，石勒沒有接，他便把陶碗放到几案上。石勒見有了燭光，憑案坐了，信手端起湯碗邊啜邊聽縣令隨意說他的身世。縣令說他是燕人，石勒便隨便問道：「漢初燕國的滅亡，真的像傳說中的韓信先聲奪人、先虛後實、不戰而得燕那樣神嗎？」

縣令被問得啞口無言，石勒叫來程遐，見程遐也回答不上來，說道：「算了，速去召徐參軍來議議明日行程。」

只是召徐光的人並沒有將徐光叫來，進屋俯身施禮，道：「徐參軍飲多了酒，過一段時間才能來。」

石勒勃然來氣，把湯碗朝几案上砰的一聲放下，陰黑著臉大聲口諭，道：「這……有失體統，將徐光黜為牙門！」

徐光這個狷介倨傲才子，素常卻也喜酒。當天用過晡食，本想出來看看縣廨新建屋舍有何新奇氣象，竟走進後小院來，被一個相識的苑鄉記事吏請至酒宴痛飲至醉，受到責備和降

職，心中芥蒂不悅。縣令勸他向石勒認錯賠罪，但性倔而慕古、孤高而不趨時的徐光，自負其才，效法歷朝歷代幽暗時光中的那些賢哲大儒，自持傲矜氣概，而不慮處世保身。有時想來也以為因酒誤事，過在自己，嘴上卻沒有一句服軟認罪的話。

次日一早，偵探傳來中山公石虎從河水之南回師鄴城的消息，石勒離開苑鄉來看石虎，住進石虎的廨庭。他一住下來就講起當年攻打鄴城殺了司馬宗室一個王的故事，眾人都圍在身邊靜聽，只有徐光神情落寞，一聲不吭地站在旁邊。石虎的侍僕端來湯水，程遐接了奉給石勒，隨即出手示意那侍僕走到徐光身前微微彎腰一躬，請徐光到中間几案右面就座，徐光沒有理會。石勒此時停了說話，眼望徐光淡淡一笑，道：「徐參軍還在為苑鄉之事生孤的氣，那也不該連侍僕的盛意都不理吧？」

徐光高揚著臉，冷冷說道：「這裡沒有參軍，只有牙門。」

石勒見不得別人輕視他，怎耐得住徐光那句戲謔的話，立時震怒而起，道：「你敢反唇相譏，給孤綁了！」

程遐忙止一下武士，撲通跪下，道：「大王且寬宥徐公，他也只是多飲了幾爵酒，並未釀成大錯。」說完這話，扭頭急覷徐光。

徐光明知程遐讓他下跪認錯，可他偏要慪這口氣，將眼睛一斜，孤高地直視對面牆壁，道：「權力在大王手上，願如何使就如何使。」

## 第三十九回　幽恨拂鬱張賓病卒 賞功罰過徐光坐罪

程遐還是認為不能就此治罪徐光，道：「大王！」

四個武士也小心跪下求情，石勒硬起心腸，一概不理。

就後趙之朝的文臣武將而論，徐光是石勒很看重的文武全才。張賓死後，因徐光智略言行出眾，人心漸附之，石勒有些顧忌，然而他心裡也頗明白，貼近身邊的幾位身居顯位手握重權的臣子，各自都有些心思——程遐對石虎有所戒懼，徐光對程遐欽慕恭維之餘，見其並無過人之才，內心極不佩服。程遐肯下跪求情，無非是想感化徐光與他站到一條線上與石虎抗衡。此刻，若是石虎也做出程遐那樣的動作，石勒或可對徐光不咎既往，但石虎陰得又黑又重的臉似在說徐光目無大王，早該治罪，他這便下決心想藉此抑制一下徐光的鋒芒，看將來能否成為忠於少主的輔臣，於是抬手對程遐道：「起來，站過一邊去。」

程遐剛起身站穩，石勒便吩咐武士將徐光綁了，口諭連同他的妻子一併囚禁。

徐光挺身要與石勒講理，憤然前撲一步，說道：「濮陽侯張公卒前，曾數諫大王修仁德，聚民心，一匡天下，而今你則不行仁政，王權濫使，連微臣的妻子都不放過。敢問大王，自古一人做事一人當，微臣徐光酒醉誤事是微臣之過，與我妻子何干，為何將她連坐？為何？為何？為何？」

連續三聲「為何」的質問，問得石勒嘟噥了一聲：「這個？」隨之一緩氣站起，極為惱怒地出手朝徐光臉上打去，道：「放

肆，押下去！」

門外又進來幾個武士，立刻押了徐光朝外走，程遐急攔一下，又馬上把手縮回，沒敢再說話。

石虎端坐不動，對這樣的場面看見裝作沒看見。

之前，石勒曾數次到鄴城，每次都來去匆匆，沒有羈留，對一些遺跡，都沒有去了解。這次巡幸鄴城，原想在城內城外漳水兩岸，多走走多看看，遊覽一下紫陌[02]、西門豹[03]治鄴和曹操築的講武城，以及建安九年（西元二〇四年）袁尚將兵救鄴所到過的距鄴城十七里的陽平亭之地，然後把早已計劃好的營建鄴宮的事敲定下來，卻因徐光之事，波折連生，使他情緒低落，只住了兩天就回了襄國城。

※

武士們把徐光用檻車解回襄國城囚禁。

徐光剛坐到囚室裡的亂草上，四個武士就把他妻子推進來。妻子抱住徐光痛哭，待他敘明囚禁原委，妻子才抹去眼淚，坐下來說道：「夫君，不是為妻說你，你的致命傷在於不願改變一下你的脾氣，有熱血而不知婉轉掩飾鋒芒。從另一面看，也是因為跟隨大王以來仕途平坦，有些過於得意，不去防備還有不平坦的時候。」

---

02　本名祭陌，相傳為河伯娶妻處，在今河北臨漳西南古鄴城西北五里。
03　戰國時期魏國人，魏文侯時任鄴令。

## 第三十九回　幽恨拂鬱張賓病卒 賞功罰過徐光坐罪

　　人的悲劇多由個性釀成，所以徐光噓氣道：「我何嘗不知為吏者太剛則折的道理，可我秉性如此，有時一激動就連大王的尊嚴都不顧了。」

　　妻子道：「我不希望我的丈夫是一個唯唯諾諾的人，可也得想到自身之安吧？」見徐光不再言語，妻子嘆氣說她可以陪他連坐幽室，只是留在家裡的一雙兒女無人照看。一說到子女孤零在家，徐光騰的一聲站起來就去砸緊閉的囚室之門，嘶聲喊道：「放我妻子出去！放我妻子出去！」

　　喊聲驚動了看守兵卒，正圍攏來說服徐光要忍耐，從事中郎裴憲和原君子營董肇來探望徐光夫婦。一進囚室看見地下的亂草窩，裴憲不覺低沉嘆了口氣，憐憫徐光似的說道：「怎可把徐公放到這等寒索之地？」眼望徐光和他妻子身上沾的草末，連搖其下頦，道：「這這這……太委屈徐公了。」

　　董肇也覺得石勒做得太過分，靠在門邊悄聲商議聯名上疏朝廷釋放徐光。徐光聽了，一把拽過妻子，雙雙俯身施禮道，那樣做絕無助於釋徐光之禁，反會惹怒大王加罪徐光。如果真想為他們夫妻做些什麼，就請二位照料一下留在家中的兒女。

　　裴憲低頭想了想，對董肇說道：「聽石會說，大王從鄴地回來一直不悅，還是不要聯名上疏了。董公，我想我們能做的就是替他們照看好兩個兒女。」董肇點頭，滿口承應下來，徐光夫婦又深俯致禮，道：「謝謝裴公，謝謝董公。」

裴憲、董肇出了囚室，看守兵卒嘭嚓將木柵門關上，裴、董二人與徐光夫婦揖禮辭別。

　　徐光在幽室被囚到第四天，石勒侍衛來囚室看過之後回去，石勒問他徐光說了些什麼。侍衛回道：「他說罪當則民從。他還說他妻子是個賢淑知禮本分的小婦人，命他妻子連坐實為罪不當罰，讓大王放了她。不然會……」

　　石勒盯住侍衛，道：「會怎樣？」

　　侍衛道：「哦，不是會，是恐失民望，他說他可不想讓大王您成為不聚民望之君。」

　　砰！石勒一掌拍在案面上，嚇得伺候在身旁的內侍、侍衛和侍僕諸人跪下之間，石勒唰的一聲拂袖而起，道：「你再去對他說，若再說不該累及他無辜的妻子，孤就把他一家老小全部囚禁起來。」

　　帶著這一使命，那侍衛二次來到囚室，把石勒的話照傳進去，徐光嘿嘿冷笑，道：「我也有一句話帶給大王，那樣的話他恐怕離昏君只一步之遙了。」

　　徐光的妻子欠身，道：「你不要命了，怎麼可以這樣譏諷大王！」她立刻叫住侍衛，向他恭肅一禮，道：「你回去除了說徐光夫婦承命伏囚，謝恩大王外，別的什麼也不可說。」

　　儘管徐光滿口怨言，然他受儒家文化傳統思想影響很深，整個人格體系裡堅守的都是君君臣臣父父子子，尊周禮，行王

## 第三十九回　幽恨拂鬱張賓病卒 賞功罰過徐光坐罪

道，不背臣節，所以伸手將妻子擋回，讓她不用怕，說大王已經殺了張披，今又死了張賓，老一輩知兵者唯有孔萇與他徐光了，少壯的石生、石堪、石斌幾個還沒有完全成長起來，大王不會殺徐光的。這便一轉身對傳話的侍衛說道：「我的話是不好聽，可我是規誠他，願他永遠做明君，不做昏君。你回去，就照我的話覆命好了。」

侍衛回見石勒，跪倒下去還沒有張嘴，石勒就問他徐光這回沒說什麼吧。侍衛縮身垂頭不敢稟報，待石勒說了恕他無罪後，才把徐光原話說出，氣得石勒臉色發青，站起來道：「你再去，不，且住……」

石勒原地踱了幾步，舒氣問道：「他還說什麼了沒有？」

侍衛道：「他說了這句話之後，蜷縮著躺到牆根的爛草裡閉上了眼。」

石勒面色凝重，道：「躺爛草，怎麼讓他躺爛草？」抬眼看了看侍衛，道：「沒你的事了，站過去吧。」

連日來，石勒都在想這個徐光真是條漢子，讓他連同妻子住幽室，睡爛草，他都剛直不彎，不變其節。唉，鋒芒太露，這樣倔強下去，怎能不吃虧呢？他佩服徐光的人格和骨氣，又覺得既然幽禁他了，也不好馬上收回成命，且使他夫婦受苦幾天吧，只是睡鋪、飯食不要那麼苛待。石勒正這麼往下想，聽見守門侍衛向裡稟報了一聲，領了裴憲趨步進來。裴憲彎腰兩

手相接前拱揖禮，石勒朝他擺手，道：「孤知道你的來意，什麼話都不用說了。」他轉身吩咐內侍，道：「你速去囚室那邊傳孤口諭，幫徐光換換草鋪，今起飯食從優，包括湯水一點也不能少。」

內侍躬身施禮，道：「是。」

站在旁邊的裴憲撲通一聲跪下，石勒忙去扶他，道：「這是做什麼，有話起來說。」

聞聽石勒對內侍的吩咐，讓裴憲多有感慨，他道：「臣要說的，大王全吩咐給內侍了，臣只是替徐公謝大王對他這個幽禁中人的體恤。」

石勒道：「起來，不必謝。」

裴憲站起來，道：「因徐公之事，把大王鄴城之行都攪了。」

石勒微微搖頭，嘆道：「徐光倔強，季龍冷漠，他們沒有一個讓孤省心的。唉，以後你多勸勸徐光。」

裴憲俯身深深躬下，道：「臣會按大王的吩咐去做。」

第三十九回　幽恨怫鬱張賓病卒 賞功罰過徐光坐罪

# 第四十回

## 易鎮將程家伏禍 訪鄞城砣子察疑

## 第四十回　易鎮將程家伏禍 訪鄴城砭子察疑

　　裴憲從石勒那裡出來，迎面遇上了程遐，兩人互致禮之間，程遐問道：「大王還在生徐公的氣？」

　　裴憲道：「不只徐公，還有中山。大王說一個倔、一個冷，都讓他不能平平靜靜在鄴城待幾日。」裴憲欽佩徐光的忠國之氣，很想在程遐面前為他辯白幾句：「縱然徐公在爭執為何使他無罪的妻子連坐之事上鋒芒太過，但若能想到他求的是天理的公正，不屬於胡攪蠻纏，那麼太過的鋒芒也就是次要的了。」

　　只是程遐的注意力不在這裡，沒有按他的話意往下說。程遐原想去看望石勒，但從裴憲的言辭中聽出石勒還在這次鄴城之行的氣頭上，覺得去了也沒有多少好說的，還不如不去，轉身拉了裴憲回到自己的廨庭談事。

　　就後趙國現有轄境，鄴城處在南北之中，又是一座百年古城，內有巍峨三臺昭示天下，其華貴形勝之氣超過襄國城。石勒從他的王霸大業考慮，總想把國都移到鄴城，所以他去鄴城是想早點營建一新，省得遷都之時來不及，卻因徐光的事，使他胸中煩悶，沒有說鄴城之事就回來了。

　　石勒對徐光的責罰只是表像，深究起來還有石虎並不支持他的鄴城之行。鄴城對石虎來說，和石勒一樣，有著許多心血。建興元年（西元三一三年）初，石虎取得攻鄴之捷以後，被任命為魏郡太守，取代桃豹鎮守鄴城至今，已把這裡視作他未來的王宮，如何修復或新建鄴城宮掖殿宇，自有他想像中的

權力欲望藍圖，不希望誰來插手，所以對石勒此來冷漠應對，並不過問。程遐據此想到如果易將鎮鄴，對鄴城營建是否會順當一些呢？

再說石勒那天辭退裴憲後的一段日子裡，好像總能看見石虎陰鬱冷漠的面孔，還把他在懲處徐光時石虎不吱一聲的情形說給程妃聽。程妃問石虎那種態度是不同意治罪徐光，還是不滿石勒這時去營建鄴城？石勒說在石虎眼裡，當世之人皆可懲死，豈會顧惜一個徐光？

程妃發疑，問道：「那他連大王您都不賓服了？」

石勒道：「季龍肚裡有怎樣的詭異，孤不好妄下斷語，眼下他的膽子還沒有那麼大，可遠不是北原山下的小虎子了，也不是剛到葛陂時的那個殺生害物的少年了。」

程妃笑著借勢打趣，道：「不是虎子了，成了老虎了？」

石勒道：「沒人說老虎，有叫他老陰臉的，老是陰黑著個臉的意思，也有說冷酷殺手的。」

夫妻兩人還在說笑著，守門侍衛朝裡通稟說右長史程遐前來覲見石勒。突聞此報，程妃邊看石勒就要起身迴避，程遐的腳倒踏進門來，石勒伸手讓她重又坐了。程遐彎腰深躬向石勒和程妃施禮，開口就建議石勒易將鎮鄴。有點奇怪了，這程遐今天是何突然來了這麼一手？石勒凝滯的兩隻眼珠轉動了一下，呵呵笑著看向程妃，邊說道：「你今日見你小妹在座，竟

膽大起來了，敢諫孤易將鎮鄴？」

如此反問，程遐身體一凜跪下，說道：「請大王恕罪，臣就是來說這個想法的，程妃在與不在都要說，唯大王聖裁。」

石勒又笑笑，道：「好，你起來坐了說吧。把具體想法都擺到當面，讓你小妹也聽聽。」

程遐站起來，恭敬一拱，首先願石勒鑑曹魏失權而亡的教訓，像晉武帝司馬炎那樣派親族子弟為藩王，出鎮州郡藩吏兼領武職，將朝政和州郡之權掌握在親人手裡，以拱衛王室，藩屏京畿。再者，此前不便提出易將鎮鄴者，是因為石家宗室諸子年紀尚輕，還不到出藩外鎮那一步，現今石弘已長大成人，完全有能力掌控鄴城。如果使石弘坐鎮鄴城，所有鄴城營建諸事便不至於有太多干擾，即便石勒不能親臨現場，亦可委託石弘承辦。

一口氣說到這裡，看見程妃直向他搖頭，程遐停下來看她有什麼話要說，石勒卻問道：「就憑這兩條來諫孤易將？」

問話使程遐目光一轉，朝石勒拱手，道：「第三，大王志在天下，征戰強寇需要中山公這樣的英勇善戰之將，使他離開鄴城，集中精力鏟平長安劉曜之國與江左殘晉，為我後趙略地拓疆，早日實現四海一統。」

從未想過讓親生骨肉去做藩鎮大吏，但石勒一想起石虎，也就覺得程遐說得有些道理，轉頭謂程妃：「愛妃，就依你兄長之見換人吧？」

程妃登時面現詫異，泣不成聲，好半天說道：「下面人野事雜，不要讓弘兒去那裡。」

程遐俯身相接兩手前拱彎腰，道：「臣估量到你不想使弘兒遠離，可也不能為了顧及弘兒不顧大王事業不是，還是使弘兒去吧，對他也是一個磨練。」

石勒笑道：「對了愛妃，使他像孤那樣，出去見見世面，懂一些是非曲直和人間苦樂，到他獨立掌事的時候少出差錯，這有多好呀。」

跪坐在席上的程妃，彎腰向前一爬，兩手掌托地，頭抵在手背上，哭泣得越來越厲害了，伸出一隻手亂擺，道：「不要，不要。」

石勒伸一下手，命門上侍衛傳召劉王后。

劉王后不知出了什麼事，領了一個侍婢趕快過來，邁進寢宮向石勒行禮。石勒站起來前走，把石弘出藩鎮鄴的事說給她聽，然後指一下還趴在地上的程妃，讓她慢慢勸說，自與程遐去了殿堂。

安然鄴城的石虎，此刻端坐案後，召來一干部將剛張嘴說事，守門兵卒就遞進一卷泥封簡命，他打開略看一眼，砰的一聲扔出門外，恨恨道：「不走！」

守在門外的兵卒嚇了一跳，當聽到那聲「不走」以後，弄清石虎的氣不在他們身上，下腰撿起那卷簡命，幾個人爭相傳

看，嘰嘰喳喳地說話。裡面的一個將軍縱步走向門口，從兵卒手中奪過那卷簡命，回轉腳步向石虎面前伸去，石虎此刻才看見那上面的另一個名字，竟然吼道：「石弘，黃口小兒！」

雖然石虎說「不走」，但他也不敢違背詔命，轉以服從之態，先搬了一些簡單家什去了襄國城。日子不長，原在鄴城的一個部將，差家僕送來密信，大意說鎮鄴易將，乃程遐私心所為。石虎看了什麼話都沒說，用手勢命他回去回覆那個部將去了。家僕出了門，石虎即刻叫來兩個親信尾隨跟了去。出了襄國城，走在靠左邊的人說：「早晨聽從差遣來送信，他哪裡知道活不過今天就沒命了。」右邊的人道：「怕他走漏了風聲，滅了口放心。」兩個人定下了動手的計策，半夜以後回告石虎說在野坡草叢裡把家僕殺了，神鬼難知。

石虎辭退兩人，但由此對右長史程遐更忌恨了。

※

清晨，石勒在甬道上漫步，程遐迎面撲通一聲跪倒在他的腳下。石勒見他眼淚汪汪，猜想不出什麼事，讓他這般動情。石勒忙彎腰扶了程遐返回寢宮，程遐告訴石勒，昨晚自己已安然入睡，不料倏忽禍從天降──十幾個黑紗罩面手執利刃的匪徒闖入他家，姦汙了他的妻女和所有女僕，隨後搶了財物而去。石勒被驚呆了，半天才眼珠泛紅，道：「於此天闕之地，竟生出這般憤世駭俗的野蠻之行，禽獸！一干禽獸！」

程遐沒有聽清石勒極其低沉的憤懣和謾罵，以為他沒把自己的奏聞當回事，趕快把撿到的一枚腰牌呈上，道：「大王，您看這個！」

　　石勒接在手上，道：「季龍的人？」抬手晃了一下腰牌，道：「它怎麼會在你手裡？」

　　程遐道：「匪徒遺失在臣家的，可以推定是他的人禍害了臣家。」他很有一種無辜降禍的恐懼，哭泣著又說：「請大王為臣做主……」

　　石勒讓程遐起來，他不懷疑程家受害是假，而認為石虎心地雖然不善，但不至於連親戚都不放過，去做那種傷天害理之事，可又解釋不了落到程遐手上的腰牌。

　　此事使石勒甚為迷茫。他想先讓程遐走開，獨自靜心思索一下誰會這樣做，不料劉王后扶了程妃哭上門來。她和程遐一樣，根據腰牌認定是石虎的人所為，大罵石虎卑鄙無恥，也不看看程家是誰，辱程家還不就是看不起石勒這個趙王？若不治罪石虎，他還不把天翻過來。一席哭訴之言，著實讓石勒很惱怒，他召來武士去拿石虎。武士剛走出門外，石勒又追了出去，叫武士散了。他覺得這樣拿石虎來查問，也難有理想的結果，還是得尋找別的證據。

　　劉王后對石勒道：「臣妾與石虎有過一段逃難經歷，對他也算有些恩義，要不臣妾把他叫來問問？」

## 第四十回　易鎮將程家伏禍 訪鄴城砭子察疑

石勒道：「王后且不要召見他。」又細細參詳了一遍那枚腰牌，抬頭對劉王后道：「妳扶她下去吧，孤有主意了。」

早朝時間，石勒沒有召集僚佐聽政議事，專召石虎、張敬、程遐、石會來到大殿和自己一起站在正中，又命內侍傳旨召來石虎家中所有男性侍僕齊集殿堂排成一行待命。石勒望一眼面前的那些侍僕，轉身對石虎說道：「孤今日要查驗一下你的侍僕的腰牌，孤與你，還有左長史、右長史、石會將軍共同驗證，這沒有什麼不妥吧？」

這是一次突然而特殊的召集，石虎和他的侍僕都對石勒的此舉感到疑惑。待石勒查驗腰牌的話一出口，石虎馬上警覺起來，道：「他等是臣的人，當由臣來查，何須勞神大王！」

石勒冷笑一聲，神情一變，道：「你的人包括你都是朝廷的人，孤不可以查嗎？」

就在張敬、程遐、石會暗驚石虎與石勒較量起來時，石虎卻轉了口氣，對著他的侍僕說道：「來得匆忙，不知各自帶來了沒有？」

石勒知道石虎意在提醒他的人萬一腰牌有什麼意外，讓他們以沒有帶來為由做掩飾，於是道：「腰牌隨身是慣例，沒有不帶之理。」

說到這裡，石勒默察一眼石虎紫脹的面色，就命石會一個接一個地驗看那些侍僕的腰牌。此刻，行列右邊尾部的一個侍

童說他要去小解，拔腿就跑。石會把他喊住，讓他站回他的位置，道：「等驗過腰牌後再去。」

石會一一查驗過來，輪到要小解的侍童了，讓他拿出腰牌，他說他是隨征北將軍郭榮之女出嫁石虎的媵人，為了幫屈死的小姐出一口氣，他把腰牌放在一個讓人見了就知道是誰家的人去過那個地方的地方了。

石勒審視侍童一陣子，拿出一枚腰牌給他看，道：「是這枚嗎？上面寫有中山公邸和編號。」

眼看那侍童將要說出是與不是時，石虎大吼一聲，道：「哪來的你這個野貨，竟敢冒充我的侍僕。」石虎提腳一躍飛身過去，一拳朝侍童命門打去，那侍童閃避不及，隨勢栽倒，頃刻喪命。

滿以為憑自己手上的腰牌，足可證實糟害程家與石虎的人有關無關，但是到頭來不只是徒勞無益，還落得自己也下不了臺，氣得石勒眼睛發直，嘴唇顫抖，他用手中那枚腰牌猛指石虎，道：「這是孤在查驗腰牌，你竟如此蔑視於人……張長史，把季龍給孤綁了！」

張敬指指地下，石虎跪下，卻不是頓首謝罪，只道：「他不是臣的侍童，大王如若不信，可以問問臣的這些人。」他抬眼看石勒，石勒已經憤而走出殿門之外。

查驗腰牌無果而終，使石勒敗興而歸——人被打死了，死

## 第四十回　易鎮將程家伏禍 訪鄴城砭子察疑

無對證，無法再查下去。石勒很憐惜侍童之死。侍童自稱是隨郭榮之女到了石虎家的媵人，讓他想起將軍郭榮曾向他說過的一件事——石虎聽信寵妾鄭櫻桃的挑唆，無故殺死他女兒。郭氏死後，石虎把隨郭氏來的媵人陸續殺死，留下一個侍童，今又死在他的拳頭之下，還是因自己查驗腰牌引起的。從「為了幫屈死的小姐出一口氣」來看，侍童是不是故意把腰牌留在那裡，希望有權勢的程家來治一治石虎呢？然而僅憑侍童說的那幾句話，石勒確也難下決心。

就石勒本意而言，也不想去責難石虎，只是案情重大而惡劣，必得澄清事實給程家一個交代。如若作案者確與石虎有關，也想借此敲打抑制一下過於傲矜的石虎，使他變得謙恭一些，真正成為一位忠於國朝的柱石之臣。石勒費盡心思想為程家洗雪恥辱，但是人死線斷，願望落空。可他覺得自己是出了力的，你程家兄妹應該體諒，最好到此為止。但是當他回到後宮時，驗腰牌失敗的消息已在裡面傳開了，躺在鋪榻上的程妃拉了一條被子掮在頭上只是哭泣，除了說不治罪石虎難保國朝不變的話之外，什麼都不說，絕食慪氣。程遐也天天覲見，向石勒訴說受害之苦，沒有心思處理庶政，石勒暗道：「難道想收場也收不了？」

猶豫半晌，石勒轉身來到劉王后掖庭。劉王后跪迎施禮，石勒扶她起來說，他沒辦法再與石虎說程家這件事了，請王后

出面見見石虎，落實一下這件事到底與他的人有沒有關係。

在後宮掖庭裡，劉王后召見了石虎。石虎站立不坐，也不說話。劉王后問他，有人說是你的人糟蹋了程家，是不是？

石虎抬起頭，臉朝著門口，說他的屬從都是懂禮數知榮辱之人，絕不會去欺負那些弱女子。

劉王后以她女人的細心，察覺出石虎在強詞否定的背後，好像隱藏著一種不便言說的真實。她身形微微一仰，說道：「虎子，本宮想聽你一句真話，如果不是怕那個侍童指認腰牌露了底，你為什麼一拳將他打死呢？」

石虎厲聲道：「他混入我的侍僕裡來了，能不死！」說完，猛一轉身出門走了。

萬沒想到石虎變得越來越決絕難近了，這讓劉王后甚為痛心，只覺得有一肚寒氣下墜，連走路腿腳都沉重難抬，她勉強來到石勒寢宮，情緒衝動地說道：「他（石虎）哪還像個臣子，簡直是你我之上的天王盛君。他已喪失本心，早忘了逃難路上遭人欺凌的痛苦，要不然，怎會對那夥夜闖私宅欺負良家女子的事都不憤恨呢？」

石勒目視隨劉王后來的女婢，讓她扶劉王后坐了，安慰道：「王后妳也不要太生氣，他就是那樣的人。他可以那樣說話，但孤不能不講事實，還得另想辦法。」

劉王后氣憤地冷笑一聲，道：「想什麼辦法，重要的是人

證。一個有可能是人證的人，被他打死了，別的……」她站起來向石勒行一肅禮，倒退幾步，駐足佇立一陣子，返身靠近石勒低聲小語，道：「臣妾想，大王可召來石會或者續咸商量。」

石勒點頭應下，當即召來石會和續咸徵詢良策。石會早看出來了，石勒想處理好這件事，石虎卻執意僵持，尖銳的對立使許多事情失去常態。於此非常態下，沒有非常態的手段辦不成事，他施禮道：「臣已命手下人預備了一個大口袋，想乘中山公的人出來辦差時，猛不防套住頭臉抓他一兩個來審問，不怕他不說。」

石勒火性陡起，右手食指用力一指石會，道：「你要敢這麼莽撞行事，孤放下季龍不問先懲罰你！」

石會跪下，道：「大王，臣不知這樣做錯在哪裡？」

石勒走向石會扶起他，面對面道：「你當估量一下那天驗腰牌的那些侍僕還有幾個活著，剩下為數不多的死硬者，你便是把他剁成肉醬，恐怕也難撬開嘴，反讓季龍抓住把柄來向孤發難，續廷尉你說是不是？」

續咸道：「臣以為石將軍所獻之計可以一用。」

此時石勒極不冷靜，一看續咸便要朝旁邊走開，忽又上前出手一堵，道：「不可，絕對不可！」

石會望一眼石勒手勢，轉向續咸施禮，道：「續廷尉久審爭訟疑案，多有這方面的見識，你拿個穩妥的主意吧？」

續咸停了半晌，方道：「我一個屬下的侍婢與中山公邸的一個男的常有來往，讓她側面先探探口氣，再行商定下一步行動。」

石勒沉思了一下，朝續咸點了一下頭，道：「你們去安排吧，一定得嚴密。」

石會、續咸不便多說別的，恭施一禮，默默退出。

※

只是都城這邊糟蹋程家女子之案尚難以蓋棺定論，鄴城那頭倒又出了麻煩。坐鎮鄴城的石弘來朝哭奏，街巷士民兩夥吵架發展到械鬥，打傷打死了人，他下令出兵制止，連下面將領都指揮不動，這鎮鄴之將他當不了。石勒對這種文弱退卻之行很是生氣，非要逼石弘回鄴城去不可，說你是太子，又是鎮鄴之將，有職有權，為什麼不把不聽指揮的將領拿來治罪？還說你不做鎮鄴之將可以，但你得去把械鬥死人之事處理好了再回來。石弘說鄴城那邊有一股反對勢力，專門與他作對，將一些事情攪得很棘手，不是他能處理得了的……父子兩人橫眉怒目頂撞之間，劉王后來諫石勒且使石弘在宮裡住些日子，陪伴程妃左右，她的情緒或許會好一些。

石勒看了看劉王后，隨又轉眼看向石弘，心裡不覺湧上一種情愫：是的，程妃確實需要弘兒去陪伴，便向劉王后點了點頭。石弘激動得邊抹熱淚，邊朝石勒躬身施禮，說道：「父王，

孩兒這就去陪我娘。」倒退一轉身拔腿就跑，跑了幾步又返身扶了劉王后往程妃掖庭走去。

　　石弘回來，留給石勒的是深深的困惑：下面將領為什麼不聽指揮，是將令下得不當，還是有人從中作梗？莫非吵架械鬥與某些將士有關？他想不出一個所以然來，抬腳出了門外，順了去殿堂的甬道走了不遠，忽覺腿腳不像前幾年那樣靈便了，難道是真的老了？橫在前面殿宇邊的那道圍牆什麼時候變了，怎麼和以前不一樣了？他還沒有想出頭緒來，順圍牆刮來一陣涼風，天氣頓時變得有點陰冷，冷氣透過衣飾浸入肌膚，他打了個寒顫，站定掩了掩袍服，抬頭朝前望望，這是往哪裡去啊？去殿堂命人差遣武士逮捕那些作梗者？卻乍然大叫一聲：「誰在？」

　　隨侍在身後的侍衛向前一邁，恭敬俯下身去，道：「大王有何吩咐？」

　　石勒道：「傳右長史來見。」

　　侍衛答應了一聲：「是。」

　　侍衛剛前走幾步，石勒又想到程遐不具備那種才能，馬上搖手，道：「不用了，回去。」

　　半低著頭的侍衛見石勒腳步回轉，馬上又答應道：「是。」

　　在侍衛的扈從下，石勒又望了一眼和過去不一樣了的那道圍牆，才返回寢宮坐定，想著石會手下有能人，當從他那裡選一兩個去鄴城暗訪械鬥背後有何陰謀，而石會剛好進來回稟他

與續咸查尋的進展，說眼下依然沒有結果。

石勒道：「這個案子還得查下去，然孤先與你說另一件事。」摒去左右人等，石勒專與石會商議私訪鄴城的人選。石會聽了請求親自去一趟，石勒笑著說他求的是嚴密，微服而行，你石會的名聲大，認識的人多，還是換個人好，要絕對可靠。石會皺眉略一想，道：「按大王您說的，那就只有差遣砣子去了。」

石勒有些驚奇，道：「再沒有人了，讓一個碾砣般的人去，怎麼能行？」

石會呵呵笑道：「大王您可不要以為他長得像碾砣才叫砣子，他極精幹，做事機敏且長於婉轉，有人說他像個砣子，名字就這樣叫開了。他與臣有同鄉之誼，常在一起談論家國之事，臣知他足可擔當私訪之任。」

石勒點點頭，道：「審如你言，孤准了。」

※

石勒這幾天除了上朝，就是被劉王后拉了去陪程妃，還沒有顧得上召見石會問砣子回來了沒有，石會倒領了砣子入宮來覲見。石勒又像上回一樣，坐在寢宮摒去閒雜，朝垂手站在石會肩下的砣子望去，道：「你是砣子吧，才幾天工夫倒回來了，是不是沒有查到底細就被人趕出鄴城來了？」

此際，石會還是先默約砣子下跪行了拜見之禮，然後席地坐下，說砣子的訪查已接近尾聲時，那邊傳言要搜查什麼細

作，他不便多待，就溜出城回來了。石靳打斷石會的話，問砣子：「沒有人看出你什麼破綻來吧？」

砣子道：「臣是以一個販鞋商出現的，穿一身破衣裳，趕一輛小牛車，拉一車草鞋，進了鄴城街市。身後若有尾巴，輪不到他盯我，會反被我盯上。」

石勒哈哈大笑，道：「說你像個砣子，你還真砣子起來了。說吧，簡要些。」

砣子見有石會在座，也就不顧慮什麼了。他說對前來買草鞋者，一說到械鬥之事，那些人搖頭就走。只有一個例外，這人身穿素衣，腳躡無鼻草鞋，在旁邊或走來走去，或蹲下暗暗窺視，不離砣子的鞋攤左右。砣子懷疑他是個暗探，便想用換攤位的辦法來試探一下，結果是砣子的攤位換到哪他跟到哪。憑砣子的眼力，看出此人不像是在盯梢，倒像要靠近他，又怕別人看見。鑑於此情，砣子便把鞋攤擺到了離街市中心遠一點的偏僻之處。到了天快黑下來時，此人一副漫步的樣子慢騰騰地蹭過來，低聲說拿一團麻換十雙草鞋如何？砣子說既有麻還怕編不成草鞋，何必換呢？

編織草鞋用料一般是就地取材，有的地方麻是主要材料之一，所以砣子這樣勸他。他說他事情急迫，沒時間去野外採苧草，只能換些現成的，你不願意換？砣子說有什麼不願意的，對我來說恰如遇上財神了，賺些錢沒什麼不好。只是你的一團

麻有多少，能值十雙草鞋嗎？再說，你換那麼多草鞋做什麼？他搖頭說他要出遠門，多帶幾雙路上省事。砣子說走遠路最好換兩雙韋履，比草鞋結實。他說他問過了，那韋履要用獸皮來交換，他沒有獸皮，只能換草鞋了。

就在這時，一列兵卒走過來，他脖頸一縮，偏頭斜眼看。這樣的神色和動作，讓砣子看出他有事且與兵有關，沿著這個疑點問他說你怕兵？他不說話。砣子說兵又不打人不抓人，怕什麼？他又不說話。待那列兵卒走遠了，他冒了一句事怕偶然，倘或要打要抓呢？這使砣子重新審視起他來了：唔，這人通文墨，還真沒有看出來。

聽到這裡，石勒笑臉朝向砣子，道：「你不好對付了！」

砣子笑笑，道：「我當下想出一招，詐他一下看看，說你有案在身，想遠走高飛，逃避官兵緝拿問罪！這一招真靈，他被詐得急切地說，事在他肚裡我怎麼知道，我說你臉上帶著呢。他立時驚訝萬分，愣愣地看住我問，你是相士？我說不是相士，卻能知人凶吉禍福、時運前程。他把頭一抬，滿臉詫異地又看我。我說你不用這樣看，人生有貴賤，全看自己的造化。你家道清寒，想發財，錢不進門；想去官府裡謀個小差使，又惹禍事，連累得一家人不得安寧，然你命不當絕，活路靠自救。」

顯然，那人把砣子當神仙了，托住砣子的手臂把他推到車子後面，撲通跪下又作揖又叩頭，道：「是老天爺引小民見到

兄長您了，兄長救我，兄長救我。」

　　砣子道：「我不是說了『活路靠自救』嗎？」

　　那人又叩了一個頭，道：「小弟實在想不出該怎樣自救，懇請兄長做些指點。」

　　砣子暗喜，你求我了，那就得按我說的來。砣子順手將那人扶起來，兩人蹲在地上，砣子道：「救你可以，你得把事情的來龍去脈說給我聽，才知道該從哪裡入手相救。」那人當下說出鄴城兵營裡一個將軍的名字，叫石廣。這個人心黑手狠，讓他日夜提心吊膽，怕他暗下毒手殺人滅口。

　　砣子道：「他怕你壞他什麼事，要滅你口？」

　　望一眼車外，才轉臉看砣子，道：「您沒有聽說過之前發生在這裡的械鬥吧？那是他的主意，強迫小弟鼓動一干百姓釀成的。」

　　砣子看住他，道：「那你也脫不了關係呀？」

　　過了一陣子，他才低沉地說了一聲：「是，脫不了。唉，王法無私人自招。有一天，小弟與人站在魏郡治所門外的巷口，眼望出出進進的吏員，說馬得良主，人走運氣，能到郡守手下做個掾史多神氣。當天夜裡，石廣帶了幾個部卒找上小弟門庭，說聽人說你想當掾史，這有何難，包在本將軍身上，但你得先做一件事，做成了，保你穿上那身去地三寸的褒衣大袑。便把要做的事說給我聽，我嚇呆了，說將軍您吩咐的事會出人命的，為什麼要

那樣做呢？小民委實不敢去做那種喪盡天良之事。」

石廣道：「不給你點顏色瞧瞧你不走。」

說罷，石廣拔劍執在手上，命部卒去捆綁他的妻兒，說先把你妻兒拿去，什麼時候做成了，什麼時候放人。他跪下求道：「請將軍不要難為他們，要拿就把小民拿去。」

石廣道：「本將軍看好的就是他們，帶走！」

他急忙爬起來大步跨出門外，攔住石廣跪下叩頭，道：「將軍，小民我……我做，我做還不行嗎？」

這就有了械鬥事件……

那時將軍麻秋的副將奉太子之命調兵制止，下面的將領見石廣抗命不動，都不敢動。

石勒聽了一段時間，起來挺了挺腰又坐下，問砣子那個姓石的將軍可知道些來頭？

砣子說對他的身世和功業不清楚，只聽那人說石廣膽大妄為，什麼事都敢做，常差人與襄國城那邊暗通。前些時還派去四個兵卒夥同襄國城那邊的人夜闖一家大臣的居室，事後這四個兵卒再沒有回到兵營，有風聲說全都被殺了。

大半晌，石會不曾出聲，此時他道，他想起石廣原叫什麼「礦」，很推服孔萇將軍的人品韜略，一心想跟隨他歷練治兵打仗的，因為經不起夔安「中山前程無量」的誘導，轉念投靠了石虎，把名字也改成了石廣，兩年前由校督擢為將軍。石廣靠為虎

傅翼，進入石虎的親信陣營，在兵營裡橫行起來，人稱惹不起。這不是因為他戰功赫赫，使人敬畏，而是怕他身後有一個官位顯赫的重臣。若沒有這個重臣的威名，他定會夾著尾巴做人。

石勒當然知道石會所指石廣背後之人是石虎，可他只在肚子裡生氣，一言不發。石會倒膽大起來，道：「石廣之舉很明確，在於拿回鎮鄴之權。」

砣子道：「臣在訪查中，那人說石廣挑事造亂就是要趕走一個人，這個人就是太子。他說他當時問石廣你不怕追責任追到你頭上嗎？石廣說天壓下來有地撐著，怕什麼？臣後來才想到，石廣說的地就是中山公。」

石勒站起發狠說道：「一個小小的將軍，暗使伎倆要從朝廷手中拿回鎮鄴之權，孤看他是活夠了。」

石會、砣子也站起來，勸石勒殺了石廣。石勒道：「殺他之事孤隨後降旨。」他前走兩步，忽又身體一轉，問砣子：「你把那人殺了，還是給了草鞋放他遠走高飛了？」

砣子猶豫著施禮，說道：「我把他帶來了，想留個活口，會不會還有用處，我也說不上來。」

石勒道：「這倒也好，石會將軍，你差遣三兩高手，護送他南去，安頓到荊州監軍郭敬將軍兵營，需要時可以返來，不需要了縱他過江謀生算了。」

石會道：「臣領旨。」

※

　鄴城私訪，初步查明了製造械鬥的幕後策劃者，但石勒的愁緒並未減輕多少。他本待臨朝聽政寬惠秦隴百姓農商交市政令之策，但守門侍衛帶進話來說將軍石會與廷尉續咸領了一個女子要見駕稟奏急事。他猜想定是程家之案，人證有了眉目，便讓內侍傳旨暫停朝會，在寢宮召見了石會、續咸。

　而此刻的石虎呢，因程家的事也不想在襄國城多待，來到寢宮拜見石勒，請求回鄴城的家裡住些日子，把諸多雜事做妥帖了就回來。在程家受害案上的幾番較量，讓石勒悉知石虎態度，再怎麼樣他也絕無可能憐憫程家，幫助石勒盡快澄清事實，所以窮究下去必然會陷入更為僵死之境。「君臣失和，易生內變」，不能在這件事情上與石虎僵持下去了，石勒眼盯石虎嘆了一口氣，俞允了他的請求，吩咐他到了那裡先做兩件事：一是現已查明將軍石廣是鄴城械鬥的罪魁禍首，限他五日之內將石廣人頭送到朝裡來。二是太子有事去不了，他擱在那裡的庶政諸事由石虎代為處置，不能再出亂子。

　石虎領旨謝恩去了。

　如此一來，鎮鄴之將名義上不是石虎卻又成了石虎。

　或許是由於對君臣的不協過於敏感，石會看出石虎常以一種叛逆者的面孔對待石勒。他把這種表現看作傳說中三國時期蜀漢大將魏延有反骨，反是遲早的事。所以除了時刻提防石虎

偶發反叛之行危及石勒安全外，還在默察石勒對石虎的態度變化。他想既然以易將鎮鄴的詔令把石虎調到都城來了，就不要再讓他回去了，也便於逐步將他在那裡建立的非常堅固的權力堡壘拆了，少幾個作梗之人利於國政。他想把這個想法奏聞給石勒，逕自叫侍從喊來一個部屬去與殿前內侍相約午前覲見石勒，那部屬進得門來，說道：「將軍喊我是問中山公嗎？」

石會不經意地問道：「他又有事吩咐了？」

那部屬道：「他走了。昨日晡時覲見過大王，連晡食都沒有吃，騎馬連夜奔去鄴城了。」

石會猛抬頭盯住部屬，道：「連夜？」隨之苦笑一聲，道：「他……迫不及待，真是迫不及待。」

石會有點著急，他知道此刻石勒還在殿堂聽幾個大臣呈奏昨日擱下的秦隴百姓農商交市之事，馬上讓侍從取來朝服穿上快步來到殿堂，垂手站到奏事朝臣的後面。內侍過來向他彎腰拱手一揖，領他出殿繞過大殿外山牆轉角回廊等在旁門。石勒散了朝會出來，石會相接兩手前拱彎腰行禮，道：「內侍領臣等在這裡的。」

石勒道：「孤想到你可能有話要說，命他領你來的。是什麼事，但說無妨。」

石會道：「聽說大王又放虎（石虎）歸鄴了？鄴城有些人鬧就是要中山回去，大王又遂了他等的願。他這一去，那邊的

事不又難辦了？」

　　石會很有些氣，嘆息了一陣子，道：「臣正與砣子計劃重訪鄴城，從兵營那裡察訪來襄國城參與夜闖一家大臣居室的四人，是真的死了還是轉移到別處去了？若能找到一兩個活口，方好證實所闖的是不是程家？如果是，那麼他們是受何人差遣的？夥同襄國城這邊的人又是誰的人？可是，可是大王現下放他回去了，這計畫還能施行嗎？」

　　石勒怒顏搖頭，嘆道：「他的家在鄴城，孤也不能不准他回家呀，人情世故嘛。孤是想做個順水人情，使他回鄴城處置好弘兒留下的政事，斬石廣人頭，他領命去了。」

　　整整兩三天，石會都沒有想通石勒為什麼這般寵慣石虎，此時門外稟報一聲：「大王駕前內侍要見將軍。」

　　石會迎出門來參禮，請內侍進屋敘話，內侍躬身還禮，道：「大王召將軍上殿有事，快隨我走。」

　　石會問道：「知道什麼緊要事嗎？」

　　內侍道：「中山公差人送來一顆人頭，說是石廣，血肉模糊，發臭難聞，叫將軍您前去辨認。」

　　石會懷疑起來，默默算算天數，恰是石勒說的五天限期的末尾，人頭腐臭變質說明斬首已過數日，為何當日不送來要拖到現在呢？莫非他（石虎）偷梁換柱？石會說道：「我不也難辨真偽？請內侍為我遮掩一下，回說沒有找到我。」

## 第四十回　易鎮將程家伏禍 訪鄴城砭子察疑

　　內侍拱手，道：「我只有一顆頭，我可不敢。」急拉一把石會，領了他來到殿堂。殿堂裡，陪石勒圍在那顆人頭旁看的程遐、劉隗、張敬、裴憲和中常侍嚴震一干文武，看見石會進來就讓他往前。石會卻先向石勒施禮，又趁勢轉圈與眾人亂拱了一陣子手之後，略看一眼模糊不清的人頭，大聲質問為何現在才送到大王駕前？送人頭的那些人嚇了一跳，跪下說他四人是正使的隨從，正使病在邯鄲已經三天，怕誤了限期打發他們今日送來了。石會明白了，此為石虎精心設計，以一顆假人頭混取石廣的逍遙法外。怕惹石勒不高興，卻又不敢直說那顆人頭是個假的，石會移步靠近石勒，低低地道出一聲：「大王，臣也說不清。」

　　石勒投袂，道：「休得裝糊塗。」

　　石會跪下，說道：「臣不敢。」石勒邊拉他站起來，朝前一腳把那顆人頭踢飛，落在四個隨從身前，喝道：「拿回去給季龍，隨他扔到荒野餵狼或是安到什麼人的屍體上，叫他來向孤認欺君之罪。」

　　那四個人嚇得伏地惶惶叩頭謝恩，取了人頭退出殿門。

# 第四十一回

## 追襲石梁石虎振旅 前鋒覆沒劉曜哭師

## 第四十一回　追襲石梁石虎振旅 前鋒覆沒劉曜哭師

劉曜稱帝初年，即大興元年（西元三一八年）斬殺了石勒正使王修以來，兩個趙國結下七年不解的怨結——似是以潼關為界東西分疆對峙的兩大政治軍事集團互不上門的格局——終以一場風雲激蕩的戰爭形式進行了新的接觸。

這場戰爭發生在太寧四年（西元三二五年）四月。當時介於兩個趙國之間的北羌王盆句除，數年前已被後趙大將孔萇征服，如今忽又遣使呈表歸順了劉曜。戍守邊陲的將校上表報入朝廷，石勒道：「盆句除兩月前還遣使與我通好，今則一變而歸附劉曜，這是為何？」

旁邊的右長史程遐道：「以臣想來，他那時遣使來朝可能是一種假像。」

石勒淡淡地笑了笑，瞬間皺起眉頭，道：「他以為孤的師旅實力不足以保衛他的族落安全？哼，他也太小覷人了。」發了一通火後，石勒即召來親將石佗將兵討伐盆句除。石佗承命而行，出雁門進入羌族統轄之地上郡[01]，大敗盆句除。

此刻待在長安皇宮裡的前趙皇帝劉曜，剛辦妥殯葬羊皇后的喪事，就設燕朝[02]商議冊立貴妃劉氏為繼后之事，隨後安排明日朝議出兵東征滅晉，卻見安國將軍北羌王盆句除的幾位屬下

---

01　戰國魏置，郡治在今陝西榆林東南。

02　此指古代天子、諸侯聽政議事的場所。相傳古代天子、諸侯有三朝：外朝一，內朝二。外朝為詢問眾庶之朝，內朝二即治朝與燕朝。治朝為每日處理政務之朝，燕朝為與宗人商議宗族內部事務之朝。

逃來告急，說石勒部將石佗率兵突襲北地，掠走人眾三千餘、牛馬羊兩萬餘。

劉曜聞此立時大怒，道：「大胡小兒，這些年朕之兵未曾踏入你的疆界一步，為何無故偷襲上郡之地，朕豈能饒你？」

馬上皇帝劉曜的一大軍事喜好就是御駕親征，君臨前線，這是他當將領時慣於衝鋒在前的延續，所以當即欽點統帥前趙內外諸軍事的中山王劉岳，道：「朕命你為前鋒，務要殺敗石佗奪回人畜。前時司州刺史石生在新安[03]斬我河南太守尹平，掠走五千餘戶，出兵追趕不及，讓他討了便宜。這一回，朕撥一萬騎兵付你先行，朕統三軍駐富平接應。」

中山王劉岳躬身行禮，道：「臣領命。」

話說石佗攜帶所獲，急欲過河水東岸到在本國地界。詎料剛來到河濱津[04]渡河當中，即遭到劉岳騎兵的追襲。石佗勒馬抵擋，被劉岳長矛刺入右臂栽下馬來，被活捉後斬殺。石佗所部六千多兵卒全被殺死或趕進河水淹死，所掠人畜被劉岳如數奪了回去。

北面的惡戰剛剛接近尾聲，南面的廝殺就接上了──後趙大將司州刺史石生，取得新安之勝後，攻打陽翟郡[05]，為陽翟太

---

03　在今河南義馬。
04　也叫河濱關，在今內蒙古準格爾旗東北黃河上，一說在今內蒙古托克托南河口鎮附近。
05　在今河南禹州。

守郭誦所敗，後來得到都尉石瞻的馳援，大敗郭誦，隨即再戰司州太守李炬以及從河內來到潁川的郭默，河水沿岸晉兵殘餘的將領，聚攏人馬困守洛陽、滎陽等幾個城池。他們等不來江東馳援的兵馬，轉頭向西求救。前趙皇帝劉曜覺得東征機遇來了，立即遣使持詔趕赴河濱津，命劉岳為前鋒都督，從那裡直接率其所部沿河水南下出潼關直驅洛陽，又命征東將軍呼延謨領二萬之眾從孟津渡河水相助，使洛陽、滎陽之地成了晉、前趙、後趙三方政治軍事勢力的角逐地帶。只是呼延謨還沒到潼關，就接到偵探送來的情報，說洛陽、滎陽諸地已經落入石生之手。呼延謨按照出征前劉曜暗中吩咐的意圖，沒停腳步繼續挺進。石生忙於整飭這些新歸順的晉兵，還未及設防，竟被先過來河水的呼延謨一哨精騎襲擊，損失數千士卒。

　　在石佗與劉岳激戰之前，兩個趙國都謹慎地保持高度克制，不願因宿怨，製造摩擦。這段時間裡，石勒於太寧元年（西元三二三年）派汲郡鎮守史石聰出延關[06]攻占許昌、潁川；派石虎義子都尉石瞻南征直迫下邳，數日即克。但石佗之死，讓兩大政治軍事集團喪失了原有的克制，除了兵戎相見已無言談的必要了。石勒正要出兵問罪劉曜，又接到石生的告急軍牒，當即欽點中山公石虎率騎兵和徒卒四萬，出成皋關直達洛陽援助。他對石虎說道：「知道孤為何欽點你將兵出征嗎？」石虎的

---

06　在今河南偃師東南。

頭略一抬，就低下去了。石勒怒目大張，道：「你竟……竟如此……」眾僚佐怔怔地看他將如何呵斥石虎時，他笑著放平了語氣，道：「孤知你能在千軍萬馬之中取上將首級，務必一戰而將劉岳、呼延謨的人頭拿來，使劉曜明白血債要用血債還的道理。」

石虎只說了一聲「領命」，便提兵朝南而去。

待他到達洛陽安下營寨，前趙那邊的中山王劉岳兵馬還搖擺在路上。劉岳剛打了勝仗，有些滿不在乎，旬日以後的天快黑時才走到洛陽西面，站定東眺按劉曜指令將開赴的新戰場 —— 洛陽的方向時，前哨偵探飛馬馳來稟報了呼延謨將軍領兵兩萬來會的消息。劉岳聽了，很自信地一邊下令安營紮寨埋鍋造飯，一邊傳來呼延謨計議次日進兵洛陽。

各營膳夫剛做好飯食，困乏飢餓的將士餓狼般爭相進食，不意喊殺之聲驟起。劉岳放下飯食大踏步出了帳門，問道：「何來喊殺之聲？」爭相進食的嘈雜聲攪在傍晚的山風裡，將士們幾乎都沒有聽清問話，一些人聽到了，但嘴裡塞滿吃食無法回答。劉岳又大喝一聲「何來喊殺之聲」，部眾們的嘈雜聲才低了下來。茫然之間，東面一匹黑馬狂奔而來，騎在馬上的人顧不得禮儀規矩，馬都不下就喊道：「報 —— 呼延將軍差末將前來稟報殿下，現已探明突襲我軍的是後趙兵馬，當速速列陣抵敵，末將去了。」

## 第四十一回　追襲石梁石虎振旅 前鋒覆沒劉曜哭師

　　朝劉岳襲擊而來的正是後趙將領石虎、石生的部眾——石生盼來了石虎的馳援，已是兵精將勇，他想與石虎商量使一招「以正合，以奇勝」的戰法，打一場殲滅戰。他對石虎心生敬畏，很怕見他，但又不能不見。這時候他雖然心裡害怕，但臉上還是掛著笑，在石虎的帳門口通稟一聲進去，參禮道：「從劉岳懶散來遲看來，足見其驕慢，趁其驕襲擊是個機會，不知中山公做何打算？」

　　不苟言笑的石虎冷冰冰嗯出一聲，石生兩眼望著他等了半晌，又不見有什麼話說，便雙眉一揚，又道：「驕兵必敗，古來之理。洛陽西邊不遠有一處崎嶇溝岔之地，是劉岳兵馬必經之地，我軍若在那裡先布一哨奇兵，待其到時來個奇正合擊，取勝可有八成。」

　　石虎看了他一眼，睜開的眼皮又掩了下去。

　　揆其心意，石生以為石虎默認了他的戰法，微微而笑，道：「要不這樣吧，還是請中山公先去看一下地形而後裁決？」

　　是時石虎陰森的臉上全是殺氣，一晃身站起來，道：「把將士帶上，到了那裡隨地形布置兵力。」

　　※

　　突襲之兵勇猛撲來，劉岳部眾扔下吃食倉皇迎戰。劉岳、呼延謨相加起來的三萬兵馬，都是征戰關中秦雍練出來的精兵銳卒，倒也打了個平手。沒防備從一道山梁後面，冒出上千人

的一支奇兵，身跨鎧甲戰馬，一手執火把，一手拿劈刀，狂飆直撲劉岳、呼延謨兵馬的中心。驚愣之眾哪裡經得起這般陣法多變之強敵的橫衝直撞，唬得劉岳驚慌失措，在部分親兵掩護下突出重圍，奪路而逃。受命留在尾部斷後的呼延謨，也被石虎、石生打散逃走。

此戰沒有取上將首級，石虎滿心惆悵，重重吐出一聲：「追！」魔兵一路狂追而去。

劉岳率領將士奔跑了大半夜，臨近天亮來到一個村落，清點殘兵敗將，還有一萬多人。他急忙召來劉震等一干部將大概看了看地形，吩咐輪班帶兵守衛，但劉震幾個神色索寞，參禮道：「此處無險可守，將士們又飢餓難忍，恐怕堅持不了多久。」

劉岳臉一沉，喝道：「他們飢餓，本王就不飢餓？且不要叫苦，守到明日擇路回撤。」

幾位部將互瞟一眼，參禮道：「遵命。」

待劉震他們回到兵營，很多兵卒跑到村裡百姓家搶掠吃食去了，有的人在爭奪中打死了百姓。劉岳出面斬殺了幾個兵卒，制止了搶掠，但還是激怒了百姓。

這個村落叫石梁，也稱石梁塢，在洛陽西北面。劉岳還沒有完全探察清楚回軍的路線，追襲在後的石虎、石生兵馬就包圍了過來。劉岳已中箭受傷，身體發冷。他很害怕，叫來劉震將軍和他做伴，兩人商量後立刻派出快騎回國求援。

## 第四十一回　追襲石梁石虎振旅　前鋒覆沒劉曜哭師

聞知劉岳兵敗受困石梁，劉曜吃驚不小，當日親率五萬大軍來救，石虎派部將石聰領兵拒戰。劉曜差遣大將劉黑在新安東的八特阪之地擊潰石聰，順金谷水行進至洛陽西邊的金谷紮下大營，詔命明日攻石梁救劉岳。這天黑夜，內侍諸人伺候趕路勞頓的劉曜就寢後，兵營士卒無故自亂，四散奔跑。劉曜覺得其地名不祥，退到澠池駐紮。萬不承想，到了夜間哭喊聲遍起，兵營又自亂起來，士卒們無頭無序亂竄。悶坐大帳的劉曜甚感奇怪，離座走到帳門口，望一眼黑洞洞的帳外，也覺得有些鬼氣，自語道：「這澠池之地又不祥？」

劉曜搖搖頭，試圖否定自己的想法，忽然想起那年與石勒、王彌跟隨劉粲，一起率兵攻打澠池鎮將裴邈之戰殺死的那些晉兵，想到了那些亡靈，是那些亡靈製造了這等惶恐自亂？他又自語一聲，道：「不可能！」

站在劉曜旁邊的太史令任義，覺得石勒平定中原，穩固掌控後趙，是當世天下政治軍事第一強者，沒有超拔的計謀，誰與之爭鋒誰落敗，便俯身施禮，道：「以微臣看，此役的天理道義在彼不在我，是以上天告誡陛下討伐後趙還不是時候。」

劉曜大眼狠狠地一瞪，道：「那劉岳呢，就讓他聽天由命？」

唬得太史令朝後直退，站穩腳跟後即傾身一躬到地，顫著聲氣，道：「是臣言之不當，請陛下恕臣粗魯。」

劉曜的心思全在救劉岳上，陰黑的臉直視在帳的眾人，眾

僚佐屏息靜氣，不敢四顧。

　　前趙兵營兩個夜晚的自亂，是石生有意把俘獲劉岳的兵卒放回軍中，其間混雜有一些換穿前趙將士服飾的石生親兵。這些親兵夜半大喊「石季龍的騎兵殺來了，快跑，快跑」，把前趙的兵營鬧得惶惶自亂。在澠池那夜，石生派的兵卒裝扮成無頭鬼怪，在宿營兵帳之間邊走邊「還我命來，還我命來」地喊叫。前趙的一些兵卒，聽了這種喊叫以為是那年在這裡攻打裴邈殺死的晉兵來索命了，一個個駭然驚慌。劉曜見士氣低落，傳令收兵向西回撤。

　　困在石梁的劉震將軍，得知這一消息，去大帳進見中山王劉岳，卻又半天無言奉上。劉岳凝神望了又望，看他一臉愁苦，問道：「劉將軍，你今天有什麼問題，既來見本王，又不言語。」

　　劉震抬抬頭，道：「適才得到消息，說來救石梁的陛下大軍半路返回長安去了。」

　　劉岳聽了一呆，瞬間又站起，大叫道：「快去，命探馬再探。」

　　劉震搖頭而嘆，道：「這是偵探在困境中用石片投進來的消息，去哪裡命他再探？」

　　劉岳手按傷處坐下，泫然落淚。沒有料到這一東來竟與劉曜成了生離死別，耳朵裡猶有朝使在河濱津口傳詔命的聲音嗡

嗡作響：「東去的仗定要打贏，把洛陽、滎陽、河內三郡給朕取下來，使朕的國界再向那邊（後趙國界）靠近一步。」然這時的劉岳清楚，憑他眼下之狀，這一步恐怕靠近不了了。他一臉苦相，起身站到帳門口朝外望了一下，又急急回轉腳步呆呆看著劉震，哀嘆道：「陛下回撤了，誰還再來管我們呢？劉將軍，趁兵營裡還有些馬匹，你趕快挑選一二百甲士，今夜騎馬突圍回去。本王箭傷在身，且在這裡等等看。」

看劉岳的情緒極度不穩，劉震愁眉一揚，說道：「裨將以為那消息不見得可靠。您想，陛下既發大兵來救，怎會半路折回去呢？」

劉岳道：「本王也這樣想過，才說了那一聲再探。可是……唉，不說了，倘使讓帳外將士們聽了與戰不利。」

※

石虎的探馬也偵察到了劉曜兵馬回撤西去的情形，立即與石生分頭督兵猛攻石梁。

土堡式的石梁，土牆不高卻厚，極其堅固，後趙兵馬多少天都沒有攻進去。後來利用夜晚集重兵攻打東、南、北三面，留出西面想讓劉岳從那裡逃跑的時候在周邊截擊。埋伏在西邊的將士，眼珠緊盯著土牆上下，望見牆頭上慢慢伸出來兩顆人頭。石虎過去看了說，估計劉岳差人窺探外面虛實，吩咐石生再帶一千人過去，盯緊點。

石生忙參一禮，道：「是。」

趕石生跑步來到，正見那兩人越牆跳到外面。抓住盤問，才弄清楚是村裡的百姓共推他們出來與外面的兵馬聯絡進村的事宜。石虎問道：「你們能將我的兵帶進去嗎？」

兩人施禮，回道：「草民以為不難。」

石虎又審視他們一陣子，與石生指揮部眾跟隨他們一擁而入，又殺了前趙兵馬一個措手不及，活捉前趙中山王劉岳等將領數十人，檻車押回國報捷，所俘近萬名兵卒都被石虎活埋。

※

石梁慘敗僅過一天，劉曜就知道了。

他領著大軍順驛道回撤的路上，留在後面的偵探驅馳追趕了上來，跳下馬跪倒在劉曜馬前，稟道：「稟陛下，後趙大將石虎、石生的兵馬還圍在石梁外面，中山王殿下率眾全力固守待機，說不定半日之內就會衝出包圍回來。」

河間王劉述道：「憑中山王的智勇，一旦看準間隙，絕不會輕忽錯過。」劉曜不說話，也不停步。劉述向後望一眼，想讓跟在馬後的其他將佐上前說些什麼的，那些人沒有一個接他的目光，只好勸劉曜再差遣幾路快騎去打探，劉曜還是一言不發。劉述悶悶地生了一陣子的氣，自己安排幾個偵探去了。

眾朝臣扈蹕劉曜又走了一程，接連返來兩路偵探，跪在地下稟報說呼延將軍戰死，他們連夜趕到石梁，看見一夥百姓從

## 第四十一回　追襲石梁石虎振旅 前鋒覆沒劉曜哭師

村東路口回返。那些百姓說裡外兩邊的兵打了半夜，外邊的勝了裡邊的兵以後，旋時就振旅東去了。

劉述大聲斷喝道：「陛下想知道的是中山王殿下和諸多將士現在何處，哪有心思聽你淨扯那些百姓。」

這時候劉曜終於開口了，問道：「你們起來說，殿下和眾人到底怎樣了？」

一個偵探微抬頭，回道：「小人上馬順百姓說的路線跑去看，行進的敵兵一隊連著一隊，就是不見殿下與其他將領的身影。」

從偵探的話裡，劉曜推定前鋒諸將已不在人世了，一路上的詢問與企盼轉瞬成空，心裡好一陣追悔和難過。這種追悔和難過，迅速轉為超出自控的衝動，他急勒韁彎轉頭向東要去尋石勒報復。奉駕隨行的臣僚將弁叩馬而諫：「我兵營連續兩夜無故自亂，士氣已去，即使強令帶到陣前，也怕難以稱心，還是先回長安視情而發。」

劉曜滿腹恨氣，沉重嘆出一聲，道：「惜乎中山（劉岳）！」

經眾人力諫，劉曜只能表面上克制住情緒，緩慢回頭西走，內心裡直是懊悔當初不該急於詔命劉岳東出與後趙妄開戰端，自己領兵馳援又半路折回，鑄成前鋒數萬將士覆沒之錯。所以他回到長安而不肯進城，駐兵郊外，下來馬，脫去鎧甲，一身素服，在野地裡跪拜上蒼，仰天垂淚道：「老天爺啊，你是何盡把災難朝朕的精銳師旅頭上砸呀！莫非要亡朕之趙嗎？」

劉曜眼淚汪汪就地坐了，一直想著劉岳諸將幾度隨他征戰秦隴的身影——在車騎大將軍游子遠的提議下，御駕親征秦州，他的紫羅傘蓋被叛將秦州刺史陳安望見，拚命追殺過來，是劉岳、平先、劉震率數十騎奮勇救駕；後來，討伐略陽[07]南邊幾個敵兵駐地，兵近仇池找來土人詢問路徑，遭遇仇池山間那些不披衣甲的原始兵圍堵，又是劉岳諸將的解救自己才得以生還……他越想越覺得劉岳、劉震諸將士勇武功勞卓著，尚未予以增祿封爵，就遭敵圍襲歿於王事，使他心情沉重，傷感落淚。隨侍的河間王劉述、大臣呼延晏諸人勸劉曜入城，劉曜不應，在場文武臣僚、侍衛、侍兵一起下跪勸諫，他也一概不理，眾僚佐只好跪坐下來陪在他身邊。將士們見此情形，一起動手搭起一個棚廬，裡面設了劉岳、劉震諸將神主靈位，舉行祭奠之禮，侍兵每天端湯送飯供給在棚廬之下哀戚的君臣……

　　如此哭師七日，劉曜方起駕入長安城。

　　這支百戰精兵的片甲不存，使劉曜失去良將、精銳，竟憂恨成疾。臥榻期間，又死了劉皇后。劉皇后乃當朝侍中劉昶姪女，是羊皇后病死之後的續后，剛一年，就病危不能起。臨咽氣，劉曜進至榻前見最後一面，問及還有什麼事相託，她遺言之事竟與泰始十年（西元二七四年）秋，晉武帝司馬炎元皇后楊氏臨終薦其從妹楊芷為續后那樣，請求劉曜納她叔父劉皚之

07　氐人楊氏建立的仇池國都城，在今甘肅秦安東北隴城鄉。

## 第四十一回　追襲石梁石虎振旅 前鋒覆沒劉曜哭師

女劉芳進補其位。劉曜痛失所愛，傷心了幾天之後，依照皇后禮儀隆重殯葬過劉皇后，以她臨終所囑，命人占卜擇定良日，續行冊后典儀，立劉芳為新皇后。

饒有姿容的劉芳，年方十三，已長七尺八寸。此刻她頭戴皇后禮冠，身著曳地黛色襦裙進入前趙國的宮闈，但劉曜並未因此而忘記前鋒覆沒的仇恨，說道：「待朕把你父女的事安頓妥了，就統兵東發殺大胡報仇去。」

劉芳以為她的美豔足可把劉曜留在身邊，嬌嗔道：「殺大胡比臣妾還要緊？」

劉曜搖頭，道：「這不是誰要緊，誰不要緊的問題。」

劉芳道：「那是什麼？」

劉曜道：「不殺大胡，殉難將士的魂靈何安呀！」

幾個月以後，劉曜又開始謀劃攻打石勒的後趙國了。在劉曜長安城郊哭師之時，襄國城這邊卻在慶賀石梁大捷；劉曜長安喪服挽紼為劉皇后送葬之時，石勒這邊遣使南去對石梁大捷將士特加犒賞，凡有戰功者均賜予布帛、玉器和酒肉勉勵。對此捷十分愜意的石虎，得到頭一份優厚賞賜，然他不喜歡布帛、玉器，就看重酎。賞賜詔書和上千壇的陳釀送達軍營，石虎叫來石生就是一頓酣飲……

長安、襄國城兩方的探馬，把刺探所獲，報回各自國朝，劉曜聞此又是一氣，對面前的臣僚說道：「說說你們的想法吧？」

一位臣子建議發五萬鐵甲騎兵偷越上黨直攻襄國城。劉曜聽了，臉上陡起陰雲，喝令不准！但見另一位臣子馬上奏道：「先取後趙西界的並州疆土，在石勒君臣驚慌失措的時候，陛下再出手扼死建在襄國城之趙，這天下不就四分[08]有其二了。」

　　劉曜狂笑，道：「且不要說得那麼嚇人，先把並州取來給朕看看。」他有些得意，站起來揮了揮手，吩咐道：「去謀劃吧。」

　　石虎、石生和將士們還在休整，劉曜乘隙派人遊說鎮守並州的大將王騰殺死石勒欽命的並州刺史，呈表把整個並州獻給了劉曜。這一事件，石勒雖然迅疾遣將斬殺了王騰，但他覺得不滅劉曜，國土西境不得安生。

　　有些朝臣覺察到石勒的心思，上表陳說從偵探所獲零星訊息表明，此次並州事件的釀成，實為前趙朝中謀士與駐守河東的要員合力所致。如果不用強力遏制其行，前趙謀取我西邊領土的動作還有可能而生。一些武將向石勒奏言：「大王當出兵一舉奪取河東，前趙想再挑邊事，就沒有那麼便捷了。」

　　一言點亮了石勒，他命內侍馬上召來石虎、孔萇做了周密部署，鄭重地對石虎說道：「孤命你先出，入其境要快，攻勢當猛，能一舉奪取更好；如那邊抵禦頑強，你倒不可急於求成，讓劉曜感到還趕得上救援，孤就想讓他有這樣的感覺。」

---

08　東晉、成漢、前趙、後趙。

殿內諸臣盡皆轉看石虎，石虎竟一言不發，石勒道：「以劉曜之性，必親征而來。我這裡預備下三萬鎧甲騎兵待命，等劉曜大軍從潼關方向進入河東，你季龍向北佯撤少許，孤即遣孔萇將軍帶了騎兵前去相助，他從南面濟河擊劉曜背後，你的部眾從北轉頭南攻，如能捉得劉曜，滅他的朝就容易了。」

孔萇眼望石虎，見他又不吐一字，便道：「恐怕劉曜不會想到大王的用意所在吧？」

石勒微微一笑，道：「他要想到了，不就不來了？孤想他不會不來，救石梁半途撤回，由此失去了劉岳、劉震、呼延謨一干良將和幾萬兵馬，其心有愧。本就要來尋戰出出氣的，孤遣將西擊河東，是想促他來得快一點。那劉曜會如何看呢？孤度他會以為因他策動並州鎮將王騰之叛觸怒了孤，必得奪取河東以靖並州，是以他必帶兵來保河東，這不就把他調出來了。」

孔萇道：「大王此舉深含機略，是戰略高招。」

石勒道：「將你的高招且擱著，先打勝此仗再出口。」

孔萇笑道：「可以，孔萇隨時聽候大王之遣。」

咸和三年（西元三二八年）六月，石虎帶領四萬兵馬從軹關[09]，西入河東，其勢凶悍，前趙河東五十餘縣聞風呈表歸降，沒有幾天石虎就進抵蒲阪，還派遣小股兵力摸到渭水東入河水口岸至大荔地段窺探虛實。

---

09　太行八陘之一，在今河南濟源西北二十五里處。

# 第四十二回

## 懸軍求戰水灌金墉 洛西交兵醉漢落馬

## 第四十二回　懸軍求戰水灌金墉 洛西交兵醉漢落馬

　　前趙派在東線的偵探，飛馬西奔，把石虎兵襲河東並有越河西進的跡象報入長安，劉曜聞聽先自一驚，隨又挺身大罵：「這個大胡，遣將來奪河東，憑後趙之力能奪得了河東嗎？」一干武將知道了石虎兵襲河東，心中大不服氣，捋袖握拳，咬牙切齒，排隊跪在殿堂門前簷廊階下，請求帶兵去保河東。這般心浮氣躁的情緒，更讓劉曜覺得自己能量不知有多大了。他縱步出殿往廊階邊上一站，口吐狂言，說何止是保河東，他要滅後趙吞併中原，問眾將有勇氣沒有。眾將領連呼有，就等朝廷一聲令下了。劉曜聽了，興沖沖地走下廊階，誇讚了一番有這等勇將氣魄，還怕不能心想事成？

　　河東，是前趙的王業所基。劉曜出兵西征，河東是後方；如今向東進取，河東是前哨。他揆度得失，謀劃安危，河東如若有失，等於將自己封閉在關中待斃，所以馬上決定先保河東，保住河東即可從那裡返出河外東進取中原。他把這樣的戰略說給僚佐聽，遂命皇子劉胤守長安，囑咐劉胤說成漢畫地自守，即便探知他遠離都城，也不會出兵北略，唯需命將率領氐、羌族兵駐屯秦州，以防涼州張駿和仇池楊難敵人馬東來。劉胤銜命，當即點將加強秦州鎮守，還調整了幾個屏障關隘的主將。劉曜見諸事順宜，憑藉一腔盛氣再次御駕親征，悉起關中精銳，水陸驅進撲向河東，搶奪孟津、大禹、潼關多處口岸北渡河水。

　　還在圍攻蒲阪的石虎，接到探馬報說劉曜率兵十萬來救河

東，不禁怔住，轉瞬抬眼急問他的前鋒進至何地？

探馬此時已下馬跪倒在地，說前趙兵馬分頭渡河水，估量一兩日就到。

石虎雖有蓋世之武，但以四萬對十萬，兵力的懸殊使他有些恍惚，慌傳將令避退。偏將石瞻見石虎領兵向北走，策馬趕上前去出言相勸，說要退也當向東越河去洛陽，方好與石生將軍聯手抵抗前趙兵馬，為什麼反要北去？

石虎搖頭不答。他在想，一者四萬兵馬渡河水誤時較長，容易被劉曜追上；二者河東郡縣悉數歸降，成了自己一方的轄地，也會有人率兵馬與自己一起抵抗西來之敵。石虎居然獨行其是，直意往北。劉曜見勢追擊，調集騎兵大舉驅進。九月間在高侯[01]追上了石虎兵馬。石虎驚慌失措中掉頭迎戰，寡不敵眾而大敗，石瞻戰死，枕屍二百餘里，慘狀空前。

這是石虎自葛陂步入軍旅生涯以來敗得最慘的一役。他從亂屍堆裡爬出來，順河水北岸沒命地向東猛跑，一直跑到朝歌[02]方得喘息。他找來尾隨而至的將士，問劉曜追兵離朝歌還有多少路程，才知劉曜兵馬從大陽津渡黃河南出去攻打洛陽了。

石虎慶幸劉曜沒有追來之時，心裡萌生出一種從來沒有過的顧及別人的想法：洛陽危矣！那裡只有石生一支兵馬，如何抵擋得了劉曜十萬大軍呢？思索至此，石虎忙差快騎趕回都城報信。

---

01　也叫高侯原，在今山西聞喜北。

02　古地名，在今河南淇縣。

## 第四十二回　懸軍求戰水灌金墉 洛西交兵醉漢落馬

※

　　快騎尚奔馳在道途，洛陽已被劉曜包圍。石生想試試敵兵虛實，披甲上馬領兵出戰，遇上一員手持鐵槊的大將，待通報了姓名，方知是惡戰曠代名將秦州刺史陳安的前趙驍將平先，戰了不到三個回合，石生縮回城中，緊閉洛陽十二城門。幾天之後，收縮兵力退入堅固易守的金墉城。

　　劉曜聚集重兵輪番搦戰攻打金墉城。

　　城下將士攻不進去，大罵城上的兵卒「羯狗」，想以此激怒他們來戰。

　　城上兵卒罵城下的兵卒「屠格奴」，高聲呼喊：「屠格奴滾蛋！屠格奴滾蛋！」

　　連日搦戰、對罵，金墉城裡的石生只是不出。他這時候站在城樓上哈哈大笑，道：「劉曜老兒，有本事你破城而入呀？」

　　城下的劉曜急紅了眼，哇哇大叫，振臂命道：「眾將士給朕攻！給朕攻！」攻打了好幾天，金墉城依然屹立如故。無計可施之下，劉曜想起昔日征戰洛陽看到過的金墉城西洛水堰，他召來幾個將士打聽金墉城距洛水的距離。這些將士當下想到他要利用洛水灌金墉，那樣會淹死眾多百姓。劉曜聽了這樣的議論，猶豫起來。

　　劉曜無力攻破堅如鐵壁的金墉城，意志消沉下來，整日裡與一干嬖臣狂飲濫賭，不撫士卒，不思攻防。一些將佐看不過

眼，連袂進大帳直諫，劉曜以妖言惑眾，喝令斬了兩員戰將，還把其他幾個將領關押待斬，諸多將軍和兵卒結隊來找隨駕親征的河間王、驃騎大將軍劉述傾訴冤情。其時，劉述也在憤恨劉曜陣前斬將，所來將士又跪請說如果他不出面救人，關押的將軍只留下死路一條了。劉述為難半天，勸道：「爾等且各回本營，救人的事交給本王。」

劉述氣憤異常，抬腳出門要去大帳覲見劉曜，他的侍衛和親兵勸他心氣平和下來後再去。駐地不遠的安定王劉策聽見外面的嘈雜聲，指令親侍出帳去看，親侍返進帳來回說了劉述要去中軍大帳救人之狀。劉策撩帷出帳來勸劉述，道：「河間王不能去。」

劉述道：「本王又不是去與他拚命，有何不能！」

劉策擋在劉述身前不動，道：「斬將、關押，不全是陛下的主意。」

劉述揮一下手，道：「不拘誰的主意，本王也不怕。」

劉策又向前一靠，彎腰低語之時，劉述胸部猛一挺，道：「那幾個嬖臣自己無能，把有本事上陣征戰的武將恨死了。這等人，盡在陛下面前出壞點子，要不是怕惹陛下不快，他一個個能活到今天？」

劉策道：「此刻萬不能去。要去，過一兩天本王陪你去。」

劉述道：「救人是本王應承下的事，本王一人去就夠了，最多他也把我斬了。」

## 第四十二回　懸軍求戰水灌金墉 洛西交兵醉漢落馬

　　劉述卸下頭上的王冠端在手上，繞過劉策就走。劉策嘆著氣朝前望了一眼，忙也跟了去。劉述到了中軍大帳門口，守門侍衛說待通稟得到允准以後再進去，他則把侍衛往旁邊一撥，斥道：「大膽！」

　　侍衛不敢強行阻擋，劉述剛一進去，侍衛就橫跨一步，把劉策擋在帳門外面。

　　半爬在案面上的劉曜，心裡反覆想著如何處置被關押的將領。劉述氣勢洶洶朝他案前走近，大帳侍衛執劍圍上來，劉述撥開伸過來的劍直往前走。這時劉曜直起身來，擺手讓那些侍衛退下去，道：「河間王手端王冠來求朕放人來了？」

　　劉述躬身施禮，道：「臣是來求陛下關押人的。」

　　劉曜哈哈大笑了幾聲，忽一沉下臉，問道：「你讓朕關押哪個將士？」

　　劉述道：「不是別人，是臣。」

　　劉曜甚覺古怪，這河間王今日是怎麼了？

　　河間王劉述見劉曜沉著臉不說話，便道：「一些將軍和被陛下關押的那幾個將領的部屬，整日圍在臣的營帳外面向臣訴說冤情，攪得臣寢食難安。臣沒有別的辦法，就來請求陛下把臣也關押起來，使臣安安靜靜歇息一兩日。臣不召自來，正為此也！」

　　劉曜的頭微微一搖，道：「河間王為朕扛著半個江山，能關押誰也不能關押你呀。」看了一下劉述，又問：「沒有人去別的

王的營帳裡哭鬧吧？」

劉述猜想是劉曜懷疑自己了，當即靈機一動，讓一個侍兵掀開門帷，道：「陛下請看帳門外面。」

劉曜轉眼望去，道：「劉策，怎麼不進來？」

劉述道：「是，是安定王劉策，約臣一同來覲見陛下。臣嫌他說話囉唆，我一個人代勞了，讓他等在外面了。」

原來劉曜懷疑劉述在設局套他的話，當他望見外面兩手下垂站立的劉策的時候，相信劉述所言不差。他攢眉略一想，道：「朕不能關，只能放。朕把人放了，為你幾個工減輕一些苦累，行了吧？」

劉述心裡竊喜，說道：「行，行。陛下若不再生他幾個的氣，放了最好，臣與安定王也好擺脫糾纏，一心助陛下攻克金墉。」

劉曜大聲道：「好，放人！」

內侍領命出去沒過多久，獲釋出來的將領便來到大帳伏地叩頭謝恩了，劉述故意問道：「不是說關押五個人，怎麼只來了你們三個，那兩個為何不來謝恩陛下？」

三人戰戰兢兢上望一眼劉曜，回道：「陛下把他們斬了。」

劉述轉問劉曜：「值此大戰之際，是何要斬良將？」

劉曜唰的一聲站起，兩眼直瞪劉述，道：「他們罵朕昏君，以下犯上罵朕的人不該斬嗎？那金墉城攻之不進，彼又固守不出，武將已無用武之實，斬幾個還能省點軍糧。」

## 第四十二回　懸軍求戰水灌金墉 洛西交兵醉漢落馬

這話早讓劉述倒豎雙眉，氣呼呼地站起來，道：「臣觀陛下也確是昏君，如果不是昏君，焉能說出這等混帳話！」

僅此幾言，又戳到了劉曜的痛處。他雙手推倒几案，指住劉述的鼻子，大喝道：「劉述，你也太狂傲目無尊卑了，也來罵朕昏君，你給朕跪下！」

候在隔帳的武士，將劉曜說的「跪下」誤聽為「拿下」，手持兵刃、繩索要拿劉述。劉述把手上端的王冠朝前一伸，道：「要拿本王可以，須得先把此冠拿了；拿不了這頂王冠，本王還是本王，爾等敢拿？」

一干武士自知此冠乃劉曜封爵象徵，十分尊嚴，沒有君命，不敢動手。劉述趁此將王冠又朝前一伸，迫使武士退過一邊。剛轉頭要勸那三位將領趕快告退，免得節外生枝時，在帳陪劉曜飲酒的一個臣子，度劉述今日之強硬殊屬意外，怕他照此下去招來殺身之禍，暗向劉述微微傾身遞言過去，道：「殿下你消消氣，陛下他飲多了。」

嗜酒貪飲的劉曜，最忌諱別人說他飲多了，發狠猛踢了一腳已倒在地的几案，嘭嚓一聲巨響，震得這位臣子惶恐跪倒叩頭說他說錯了。劉曜自感得到一點面子上的挽回，緩氣往座位上坐去。內侍朝劉曜覷一眼，讓伺候在側的侍兵扶起几案，往几案上放了點什麼。劉曜拿起來一看，是留在後面轉運輜重的呼延青將軍命人傳來的簡文，陳說被打散的一些石虎兵卒，向

澠池至潼關驛道沿線集結，窺其意在劫我供給陣前軍需糧草，請求速派兵防護糧道。

劉曜召來將軍劉黑，命他差一部將率兵去保護糧草轉運走後，想著今日劉述對他甚為不禮，當關押他幾天，喊道：「來人！」

還站在一邊的那干武士，走出四人過來候旨。劉述看見劉曜先盯了自己一眼，繼而讓武士退下去，便上前一步，說道：「罪禍有律，陛下對臣或關或斬，臣自領受無怨。」

劉曜道：「朕見你為救幾個將領，竟不顧己之安危冒死闖入大帳求朕放人的俠義心腸，才讓武士退下去。你戴好朕封你的王冠，謝恩告退吧。」

劉述雙手捧起王冠戴好，道：「古言用兵須謹慎，不謹慎就會讓將士丟了性命，就會喪失……臣請陛下慎重斟量，這裡久攻不克，倒不如撤出洛陽回國，以保宗廟、社稷長安。」

劉曜沒有採納劉述的諫言，搖頭道：「救劉岳，無功而返；征洛陽，再無功而返，朕還有何臉面活在人世！」

劉述道：「臣也不願陛下落此不然，要是不想無功而返，那就請您絕飲禁賭，撫慰將士，集眾智群力攻金墉城，快點拿下離開這個地方。」

劉曜此時又想到了洛水堰，只道：「河間王忠諫，朕焉能不納？下去吧。」

## 第四十二回　懸軍求戰水灌金墉 洛西交兵醉漢落馬

劉述恭敬施一禮，退出大帳。

※

劉曜召集將佐議定加大兵力猛攻金墉城事畢，出了大帳就命劉述侍隨他騎馬來到攔截洛水的大堰前，上下看了看，又扭頭朝東眺望一眼金墉城的地勢，想著水往低處流，這下石生不降就得死，劉述看出他想扒洛水堰，道：「這堰不能扒，會造成水災。」

劉曜道：「不管他，先淹死石生再說。」命劉述率領將士扒潰洛水堰，即見大水滾滾灌進金墉城。金墉城雖然一片汪洋，但將士們還是頑強堅守。苦則苦了金墉城的百姓，死的死，逃的逃，哭天喊地攪動了洛陽城。

巡哨在外的將士，向劉曜報來消息，說水面還停留在兩三天前的位置上。劉曜聽了，跑出去登上高處眺望，見水早已向四處流走了……

水灌金墉城失敗，劉曜悶坐了兩天後，把征伐的目標投向後趙都城，點將分兵東攻汲郡、野王幾個郡縣，滎陽太守尹矩、野王太守張進諸人出降前趙。劉曜哈哈大笑，道：「好好好，就這樣一仗一仗地打，一城一池地奪，把襄國之地給朕奪過來，這北方之主便是朕了。」

向後趙都城進兵的戰略也許並沒有錯，只是劉曜遇上了來救洛陽的石勒，歷史在這種情勢之下有了一個急轉。

自接到石虎送來的軍牒，河南（河水之南）一境牧守、鎮將告急牒文也雪片似的飛來，皆言劉曜攻逼之甚，請求馳援。石勒看過軍牒，急忙召集僚佐於殿堂，計議救洛陽可動用的兵力。右長史程遐趨步向前，把幾卷告急軍牒遞給內侍呈上案面，石勒抖開一卷邊看邊問沒有什麼急事吧？程遐回道：「臣粗略看了兩卷，一為滎陽等郡太守懼於前趙兵勢而投降了敵方，一為劉曜引洛水灌金墉。」

　　石勒當下動容，道：「連洛水堰他都敢扒，真該擒而誅之！」說出這一句話後，他手指程遐，道：「你去督促傅暢、程琅快點預備好糧草、兵械，為孤將兵救洛陽之用。」

　　程遐彎腰相接兩手前拱長揖，諫道：「劉曜懸軍千里而來，勢在求戰，其鋒必銳，恐怕一時難以與其爭。而且他的前鋒在汲郡受挫損失不大，北上聲勢猶在。大王不宜擅動，一著躁率，萬全難保，大業何成？如果一定想馳救石生，可欽命一位大將領兵前往即可。」

　　囚禁了徐光的這些日子，石勒每聽政議事，很少有人直言不諱說真話。今日朝議厗厈不合，沒有人能站出來力排眾議，這使他又氣又急，勃然大怒離座而起，拔劍置於案，喝道：「收起你的愚鄙之見！孤親將兵出救洛陽是抗擊外敵保疆土，如若洛陽不守，襄國城何安？」

　　石勒怒斥程遐等固諫之人退下，急命內侍去召徐光。

## 第四十二回　懸軍求戰水灌金墉　洛西交兵醉漢落馬

內侍攜帶頭冠朝服來到囚室傳達石勒口諭：「赦免徐光之罪，與其妻一併釋出，直接上殿覲見大王。」

傳旨畢，那內侍腰一彎揖讓出手，道：「徐參軍，請吧。」

徐光幽禁有年，已覺永無出頭之日，曾對妻子說老天爺不長眼，自己的後半輩子要被困在這座幽室裡了，只是連累了妻子他心裡難過。現在，內侍銜命召他上殿見駕了，他卻不奉辟召，面壁不動。內侍似被眼前之狀難住了，心想這徐光不奉召，如何回覆大王？不實說他不奉召，對大王不忠；如實說了，又會害他多坐一段日子。內侍輕輕嘆口氣，前邁一步，靠近徐光，道：「徐參軍您不可這樣，您得起來跟我走。」

徐光顧惜他只是個內侍，事不在他，說道：「你回去，叫他（石勒）來和我說個清楚。不說清楚，我怎麼出去？」

徐光不著急，徐夫人可著急了，對內侍俯身施禮，道：「我夫君這幾日身體欠適，敢請內侍稍等。」

內侍便點頭移步等在旁邊。

徐光道：「就這樣釋出，我想不通。」

徐夫人對徐光道：「殿前內侍傳旨放你我出去，這說明就是大王的意思，你難道還真的要叫大王親來不成？」

徐光道：「我本就無罪，夫人也無罪，要他為我夫妻賠禮，在朝臣面前說明當初囚禁之錯。」

徐夫人道：「夫君不要往下說了，他是君，你是臣，快起

來，更衣。」徐光見夫人這般勸他，也不好再堅持下去，無奈長嘆一聲。徐夫人朝內侍招一下手，內侍雙手捧了頭冠朝服遞過去，由徐夫人接了幫徐光穿戴起來。

徐光介幘朱衣，盛裝而出，騎一匹快馬跟在內侍馬後來到殿門廊階之下。內侍下馬先入殿，向石勒稟道：「稟大王，徐參軍怕大王久等，與臣策馬奔來，在殿外廊階下候旨。」

急欲要見徐光，石勒命內侍快快叫他進來。徐光聽到宣召，進殿趨至殿心，見石勒已從几案後走出來相迎，可見對自己倍加禮遇，感動得跪倒就拜，道：「謝大王釋臣出幽室。」

也不在乎徐光說「釋」不說「赦」的所含之意，石勒快步過去折節下腰親手扶起徐光，那徐光復又跪下，道：「臣代臣的夫人謝過大王。」

石勒問道：「卿是何不與她同來見孤？」

徐光道：「她不是命婦，怎可來得？」

石勒訕訕而笑，道：「孤倒忘了。哦……此事……此事隨後再議。」

戰事在即，石勒沒讓徐光歇息，說道：「劉曜趁一役之勝，圍攻洛陽，水灌金墉城。程遐等庸碌之輩，皆言劉曜鋒不可擋，不主張孤將兵親出救洛陽。然以今日之勢觀來，他引甲十萬攻一城而百日不克，師老兵疲。今我以精銳之師擊之，其勢必敗。若是坐待洛陽失守，那廝必然鼓勇驅進，席捲河北而

來，孤之事去矣，卿以為怎樣？」

在幽室的時候，徐光已知劉曜進兵之狀，也知道程遐諫阻石勒親征受到斥責，因道：「大王斥退右長史而釋微臣垂詢親征之見，微臣已感很不自安，又哪裡敢在此談論軍國大事呢？」

石勒欠身，道：「一切都是孤的意思，不必推辭。」

徐光停了半晌，方傾身彎腰相接兩手前拱深深施禮，道：「既如此，微臣只好稍陳拙見了。」他抬抬頭，一口氣說出他的見識：高侯之役後，劉曜湊勢驅兵進逼襄國城，是他的高明，而偏偏去圍攻金墉城，說明他戰略眼光短淺無能。大王將兵一出，估計他必望旗逃遁。如果抵抗，那就再次表明他軍事指揮能力的低下，我可集騎兵徒卒與之對決，瞄準對方營壘猛烈攻擊，前赴必敗。這一戰機乃天所授，大王宜趁此滅前趙，以平定關中秦雍。

石勒點頭贊同，徐光則謙虛地說這可不是他一人之見。前幾日佛圖澄進幽室探視他，就說到只要後趙國王將兵臨陣，劉曜之敗必至慘烈。

提到佛圖澄，石勒想起郭黑略前已說過西域[03]天竺[04]佛圖澄其人神通，石勒問道：「此僧今在何處？」

徐光道：「就在都城。」

石勒很快把佛圖澄召進殿堂，內侍見他兩手下垂站立，忙

---

03　西漢以後對玉門關以西地區的總稱。清光緒年間設新疆省後，西域之名漸廢不用。
04　古印度別稱。

指地下說為何不向大王行跪拜之禮？佛圖澄只是微笑，並不下拜。徐光見勢趕快搖頭止了一下內侍，伸手擋在嘴側，小聲對他說道：「聽說沙門（僧人）不禮敬王者，你不用管他有什麼禮節沒有。」內侍不大相信那樣看向石勒，石勒急在救石生，並不在乎禮節，以出兵擊劉曜之事相問，佛圖澄說了兩句話：「大軍若出，必擒劉曜。」

石勒當即下令調集兵馬出征，命石堪、石聰、豫州刺史桃豹一干將領，各統本部將士到滎陽北會齊。又差使轉告已經休整兵甲數月的石虎自統所有騎兵、徒卒也朝滎陽方向趕來。但此時有些將領議論「敗軍者抵罪」，當懲罰石虎，不贊成他隨大軍出征。石勒以救洛陽需要石虎，加恩寬免，把議論之聲戛然而止，大殿裡隨之沉默了下來。

石勒帶兵起程後，在一個寒風凜冽的仲冬陰沉之日，從大堨[05]渡口過了河水，轉身顧謂徐光：「以參軍估量，劉曜如探得我兵已出，他會如何布陣？」

徐光先自一笑，隨又輕輕搖頭，道：「臣聽濮陽侯健在時說過，那劉曜用兵，有時異於常理，不是微臣可以預測得到的。」

石勒遠望一眼浩蕩而行的兵馬行列，道：「劉曜將兵扼守成皋關隘險要之地以拒我，乃上策；依洛水為營設阻，是其次；坐守洛陽，就只留下束手待擒了。」

---

05　津渡名，石勒從這裡渡過之後改名為靈昌津，在今河南滑縣西南古黃河畔，近臨延津。

## 第四十二回　懸軍求戰水灌金墉 洛西交兵醉漢落馬

徐光道：「大王所析頭頭是道，就看那劉曜做何動作了。」

說罷，兩人相視而笑。

大軍臨近成皋關，所命幾路人馬都已趕到，總計徒卒六萬餘、騎兵二萬七。石勒召見過各兵營將領，隨之派遣數千兵馬為先遣闖關，不見任何阻擊而通過。前趙的偵探把後趙兵馬已經過了河水的情報回中軍大帳，劉曜離開酒案，召集諸將計議把圍困金墉城的兵馬撤出來，陳於洛水西岸，又增兵滎陽，扼守黃馬關[06]，阻擊後趙兵馬。

但此際，石勒早挺進到了洛水，與石生合兵一處，又命石虎領徒卒三萬，從洛陽城北西出攻打劉曜中軍；命石堪、石聰二將各率騎兵八千，自洛陽城西向北驅進攻擊劉曜前鋒；石勒自率一支精銳出閶闔門，與石堪、石聰形成對劉曜前鋒的夾擊之勢。

前趙預備增兵黃馬關的兵馬還沒有動身，便有游擊散兵擒獲後趙前鋒一個偵探，押至大帳由劉曜親審。劉曜坐著，手臂靠在案沿上，拈鬚問道：「大胡自來了，率眾多少？」

被擒的偵探回道：「大王將兵親來，兵勢甚盛。」

答話證實了石勒領兵親來，劉曜始覺大事不妙，忙召來隨征在陣前的臣僚將佐，吩咐道：「不是今夜便是明日，必臨大戰。」轉對河間王、驃騎大將軍劉述說道：「你與朕掌中軍，選

---

06　在今河南滎陽西黃馬阪。

幾位部將侍隨，聽命調遣。」

　　沒等劉述有什麼應承，劉曜已轉向平先，命道：「朕把三萬騎兵徒卒交給你為前鋒，你當知道肩負使命之重大，速去排陣預備廝殺。」

　　大將平先躬身參禮，道：「裨將遵命。」

　　劉曜做了這些簡單的禦敵部署，就飲酒去了。劉述又是喟嘆，又是搖頭，怪劉曜不撫士卒而自去飲酒，竟不自覺地吐露了一聲：「陛下啊，今大戰在即，您這樣做會影響士氣的呀！」

　　仗還沒有開打，劉述倒預感到不妙。他認為這一役對國朝存亡非常關鍵，不能有任何閃失。猜測劉曜現下已經處於醉態之中了，來日能否上陣指揮將士奮力向前，還很難說。想到這裡，劉述提著一顆憂慮不安的心來見平先，施禮道：「這一仗全看將軍你了。陛下欽命你為先鋒，本王以為陛下沒有選錯人。」

　　平先深躬下身參禮，道：「謝殿下勉勵，平先正準備召來眾將商議對策，不會辜負陛下所受之命。」

　　劉述道：「對，就得這樣。」

※

　　次日清晨，洛陽城內兵馬擂鼓喊殺而出，那劉曜才從沉醉中起來，躬摜甲冑，準備拒敵。將上陣，又飲酒斗餘，醉醺醺出帳上馬，然他的赤色駿馬死活垂頭不前，劉曜揮鞭抽打，那

## 第四十二回　懸軍求戰水灌金墉 洛西交兵醉漢落馬

馬前膝屈跪，半倒臥了下去。劉曜把韁繩朝馬脖子上一甩，喝道：「換馬！」

候在側的侍衛和將士慌亂之中，從馬廄裡牽來一匹略微矮小的馬，劉曜搖搖晃晃騎到這匹馬上朝著西明門方向直奔而去。

前趙將士剛列完陣形，石勒麾下大將石堪、石聰倒風馳而出，衝擊過來。前趙先鋒平先望見，策馬挺槊與石堪大戰於西明門。劉曜見平先一支鐵槊左挑右撥，一力支撐，忙回顧安定王劉策出馬相助平先，就見斜側土丘那邊又冒出一彪兵馬，旗幡儀仗瞬間兩邊分開，中間閃出黃鉞白旄紫羅傘蓋之下後趙國王石勒。他周身貫甲，腰佩利劍，立馬陣前。

石勒領兵五千，出來閶闔門便與劉曜先鋒平先的前鋒兵馬碰上，大將石生又率眾殺入平先的尾部，前鋒陣列頃刻出現慌亂之象。平先側翼的衛將軍呼延瑜，見自己的兵卒抵擋不住對方鋒芒而朝後退縮，急躁地大喝一聲：「陛下披甲執戟在前拚殺，誰敢後退！」那些兵卒望一眼九曲紫羅傘蓋，唬得轉回身來前衝。征戰中，石勒一眼看見敵陣裡一個歪斜在馬背上的人，問那人是誰？在旁扈從的侍衛回答說，從儀仗傘蓋看當是劉曜。石勒又一看，憤然說了一聲「簡直是個醉漢」，拔劍直指劉曜，吼道：「酒色昏君，快拿頭來！」

聲如雷鳴般的吼叫，震得劉曜顫慄一下，接著恍惚前視，說了一句「是大胡呀」，策馬挺戟來戰。石勒這邊久經沙場的

都尉石堪，轉馬揮槍迎了上去，兩馬相交之際長槍與畫戟哐啷一聲響，各自的兵刃都被對方的擊打之力彈回些許，兩匹戰馬相背奔離開來。待劉曜勒馬要與石堪再戰，一眼望見前鋒之敗已攪動了中軍，偏西北卻又殺出來一彪人馬，雖是徒卒，但氣勢極為勇猛，心頭頓時湧上「若是石虎可就怕了」八個字，似要揮手命劉述速去抵擋，卻是胡拉了一下馬韁，回夾一下馬腹前跑。石堪的馬快如疾風追來，手中長槍唰地一下刺到劉曜胸前。劉曜右手已被劃傷，猝然棄戟打馬逃竄，護駕的侍衛和河間王劉述早已打散，僅有幾個兵卒跟隨。

桃豹大吼一聲，道：「我來擒他！」

桃豹在石勒率領下夾攻殺敗前趙先鋒平先，勒馬側轉衝向敵方中軍，忽然掃見劉曜敗陣逃跑之狀，一勒韁彎前追之間，石堪已搶在他前面了。桃豹岔過一邊，駐馬彎弓要射劉曜，卻因劉曜與石堪混戰，又怕傷了石堪，左瞄右瞄，弦上之箭一直沒有射出去。他身後的將領馳馬驟箭射中劉曜手臂，那劉曜惶惶不辨方向狂奔亂跑，馬蹄夾在洛水岸邊壘砌的石縫裡，撲通倒下，把劉曜掀落在洛水冰面上。岸上將士用箭射、槍刺，劉曜被創十餘處，被緊追在後的石堪生擒了來。

前趙將士聞知劉曜遭擒，皆四散敗逃，石虎、石生、石聰等揮兵掩殺，斬敵無數。

石勒眼望遍地屍首，揮手下令，道：「孤欲擒者，唯劉曜

一人，今已獲之。眾將士可抑鋒止銳，毋得再加殺戮，有傷天仁。」[07] 將士們聞令止步，轉頭歸營，石勒收兵返洛陽，石堪將渾身血跡斑斑的劉曜押進中軍大帳，摔到石勒面前。

尚武好兵征戰半生的劉曜，如今威風盡掃。過了一陣子，他才緩慢睜眼四看，撐起一條手臂肘，道：「大胡，還記得重門之拜乎？」

一言觸到了石勒的恨處。他自然知道有過重門盟誓，約以生死，但他對派往關中獻捷的正使王修血染劉曜屠刀之下的苦澀往事，同樣記憶猶新。那時重門情誼已被斬斷，劉曜還有臉在這個時候重提！石勒疾視，兩眼一翻，當下要取劉曜之頭來祭王修之靈，徐光按住了石勒拔出的佩劍，石勒長嘆一聲。徐光走近劉曜，說道：「破洛陽，你與王彌反目，殺他愛將王桓；在長安，你斬我大王獻捷之使王修；這又親將大兵來圍攻洛陽，那重門之拜早被你中道改易了。今日之事，天使之然，復言舊事何用？」

劉曜喟嘆一聲閉上雙眼，沒再多言。

※

在洛陽，石勒宰牛設宴，犒賞將士，凱旋而還，命征東將軍石邃檻車押了劉曜同行。

---

07　石勒停止追擊之令，大致相似於春秋貴族之間的戰爭規則六不准中的「不逐北」──對敗北逃命的敵兵不能追，即使追也不越五十步。

途徑洛陽北苑，有一位自稱孫機的老者擋在路途，請求見劉曜一面。前哨將領不敢做主，稟報石勒。石勒騎馬來到前面，果見一位龐眉皓首老者，彎腰前拱長揖等在那裡，石勒點頭允他一見。

　　那老者攜酒進至檻車劉曜面前，先躬身奉上一禮，而後唸道：「僕谷王，關中稱帝皇。自持重，保土疆。輕用兵，敗洛陽。祚運窮，天所亡。開大量，進一觴。」

　　唸罷，捧酒伸向劉曜。

　　劉曜對老者所言有些反感，但看他慈眉善目，也不像是惡人，便道：「老翁偌大年紀來奉，這酒朕飲。」接酒在手，伸頸飲下。

　　劉曜飲酒畢，石勒向押檻車的石邃揮了揮手。

　　檻車緩緩前行，一路駛入襄國城。在朝僚佐知大軍得勝歸來，出城跪伏道路兩旁相迎，石勒招呼眾人起來一同進城。石勒將劉曜安置在永明北城，遣還伎妾陪伴他，命石梁之役所俘將領劉岳、劉震以及劉曜從前的男女隨從鮮衣一身去看望。劉曜見了，吃驚道：「朕以為卿等皆已化為泥土了，不想大胡如此仁厚，使爾等全活到今日。」眼望眾人，劉曜微微搖動下頷，道：「朕此前擒獲大胡大將石佗，當即斬之。唉，今日之禍，實為自取……」

　　劉岳見劉曜話沒有說完就斜背過身去，肩頭有些抽動，忙

叫了一聲：「陛下，您得……」

劉岳本意不想讓劉曜在眾人面前悲楚太過，卻反倒惹得眾人淚水湧出。哽咽聲中，還是劉曜先忍住淚，說道：「爾等還記得終南山[08]自崩，長安人劉終在崩坍之處拾得一塊白玉嗎？」

劉岳道：「臣記得那塊玉上鐫刻銘文曰『皇亡，皇亡，敗趙昌，井水竭，構五梁』等語。那時滿朝文武皆以為祥瑞，唯有中書監劉均獨言其非。」

劉曜點點頭，緩緩言道：「按劉均釋義，國之於山石，猶君之於臣民。終南山為京師之鎮，今山崩川壞，乃國傾人亂之象。他說『皇亡，皇亡，敗趙昌』者，釋為我皇室將為後趙國所敗，後趙由此走向昌盛。因我之趙建國秦雍，都治長安，名為趙國而實不據有趙魏之地，大胡所建的後趙跨古之全趙地域。是以說『趙昌』即指大胡之趙，而非我劉姓長安趙國。劉均當時曾箴勸朕朝警夕惕，謹修德化以禳之，以綿延我朝祚運。納劉均之諫，朕即自奉其儉，勤政恤民，關中振發，後自感功德不淺，心意弛縱，荒於酒色，疏遠士民。眼看國力衰弱，還要出兵與大胡爭天下，豈不是自招其亡？」

劉岳望了一下劉震，道：「天亡趙，天昌趙，是天，並不是陛下將兵無方而敗給石勒。」

就在劉均說終南山之崩是「國傾人亂之象」的那天傍晚，

---

08　又名南山、中南山、太一山，即今秦嶺。

劉震曾登門拜訪過劉均，他拿東西二趙國勢做比較，認為國力兵戎、智略運籌都不及後趙，所以只宜強兵自守，不可高估自己與之爭雄，但此刻他自然知道該如何進言，道：「我看那石勒布兵打仗也沒什麼高招，此劫若能活著重返關中，憑陛下天資驍勇之御，及我劉族劉熙殿下和劉岳、劉胤、劉厚、劉策、劉述之智略人力，定可再度東出夷平石勒之趙。」

劉曜搖手，道：「說是盡人力，這人力如何盡，能盡過老天爺？飲酒飲酒，朕想飲酒。」

劉曜留劉岳、劉震眾人陪他宴飲至晚，灑淚惜別。

石勒命徐光傳諭劉曜，讓他書信留在長安監國的太子劉熙，勸其早日止戈而降，劉曜拒而不寫。徐光離開永明城後，劉曜馬上取來一尺白帛草就一道給其太子和在朝大臣的手諭，晡食時看見原先服侍過他的嬪妃卜氏的親信侍婢，暗約她背到一邊，道：「朕想讓妳往長安一趟，妳可願往？」

那侍婢見劉曜要俯首要向她行禮，忙跪下，道：「陛下不可這樣，小女子願意領命回長安。」

劉曜謹慎叮囑一番之後，把書信遞給侍婢，侍婢把寫有詔命的白帛與一塊手絹扭在一起，繫於髮髻上，偷偷往外溜的時候，被門吏識破搜出，呈於石勒几案，只見上面寫道：「爾等當戮力同德，誓守疆土，匡維社稷，勿因吾之故而改易以降。」

※

## 第四十二回　懸軍求戰水灌金墉 洛西交兵醉漢落馬

　　石勒見書大怒，命武士入囚室殺死在位十年的前趙皇帝劉曜等人。

# 第四十三回

## 略關中直搗前趙巢 承眾議石勒即帝位

# 第四十三回　略關中直搗前趙巢 承眾議石勒即帝位

在朝僚佐，還在殿議派人攜重金寶器去向石勒致歉講和救回劉曜，幾路探馬接連奔來報告消息，所報皆是喪訊：「陛下被石勒殺了。」

據守前趙國都長安的太子劉熙，聞此不禁大驚，半晌方悲哀出聲，道：「父皇……」

參與此議的文武僚佐，都屈膝跪地「陛下陛下」地哭號不止。

哀號之聲，從前朝波及後宮，妃嬪們頃刻哭成一團。新皇后劉芳，跪到劉曜駕幸她掖庭時經常坐的那個座位前磕了一個頭，道：「陛下稍等，臣妾這便隨您去了。」說罷站起，一頭朝牆壁撞去，侍奉在側的一個婢女拔腿撲過去把她抱住，她的頭沒有撞到牆壁，碰在了這個侍婢的頭上，兩人一起坐在地上號啕痛哭。

事不容緩，左光祿大夫卜泰等人，一面勸劉熙節哀，一面請來受命輔佐太子劉熙監國的大司馬、南陽王劉胤，上殿商酌戰守之計，尚書胡勳提出速調兵馬扼守函谷、崤山、桃林等東線邊界關隘要厄，以防後趙兵馬趁我國殤來伐。在殿其他僚佐，文班的人贊成胡勳先防外敵，穩定域內再說，而武班的人則要以攻為守，起兵東擾後趙邊境為劉曜報仇，把國人的情緒引到對後趙的仇恨上，形成兵民共奮守疆保國。文武紛爭，各言其是，太子劉熙眨著兩隻淚眼，看看文班，又看看武班，竟

無一策。

與太子劉熙一樣處於悲哀之中的劉胤，知太子決斷遲鈍，就自作主張說道：「如今將士士氣低落不振，只怕長安難守。為來日雪恥計，當退守上邽，先避開可能出現的東兵西來一瀉千里的聲勢，而後徐圖舉兵東發報仇之略。」武班一個將領附和道：「對，這正合了道家主張的以退為進之論，我贊成大司馬之見。」

胡勳大感不妥，忙踥步出班施禮進言，道：「此非良策。今先帝雖歿敵手，然御國成法常規還在，我們應當依此來維持國家，派兵扼險守疆，力拒外敵。如若力不能支，再走不遲。」

胡勳主守，可謂得計；劉胤主退，是為失策。劉胤頃刻橫眉怒目大喝胡勳「狂言」，嚇得兩班文武都閉了嘴，好一陣子才慢慢覷見他火冒三丈站起來，指住胡勳，斥道：「你敢阻撓眾人之議，拿下！」

殿堂廡室的武士奉命出來四人，執刀提繩上前綁人。胡勳叫了一聲「太子殿下」，劉熙望一眼劉胤怒顏，低下頭沒有任何表示。

想到劉熙的懦弱，胡勳也不再強求，自己把頭冠摘下朝劉胤身上砸去，又捋了捋頭髮，伸出兩手讓武士綁了，冤死在刑場。劉胤見武士報說「胡勳已梟首」，轉臉疾視面前僚佐，斷喝道：「還有不願撤出長安者站出來！」

## 第四十三回　略關中直搗前趙巢 承眾議石勒即帝位

　　已有胡勳之例，哪個不要命的還會站出來。劉胤看一眼低頭憋氣的眾人，彎腰與太子劉熙低語幾句，讓劉熙命道：「大家都下去準備，三日後西撤。」

　　劉胤輔太子率百官直奔上邽，都城長安一空，藩鎮吏員皆慌。河間王劉述、汝陽王劉厚、安定王劉策諸人，各自棄鎮西走，朝野指斥之聲累日不絕。

　　不願西去的將軍蔣英、辛恕，看前趙大勢難再，統領十萬之眾不費吹灰之力占據了長安，暗差密使奉表出使後趙，覲見石勒，盡述投靠誠意。石勒覽表大悅，即敕鎮守洛陽的守將石生，策馬趕往長安受降。

　　世上沒有不透風的牆。辛恕麾下一個副將，那天值宿巡夜走在蔣英、辛恕議事庭門外，聽到他與蔣英的謀劃，趁夜逃出來到了上邽，投在劉胤門下。劉胤原聽偵探報告說蔣英、辛恕占了長安城，已經後悔當初不該撤出長安。現在聽了這個副將說的情形，更感到自己決斷退守上邽的不妥。長安真要落入後趙之手，自己還有何顏面立於朝班之首？

　　自感羞慚難當的劉胤，在屋裡徘徊了一陣子，逕自撩帷出來去見太子，進門撲通跪下請罪，道：「為兄我錯了，請賜罪。」

　　劉熙望著他，說道：「兄長這是為什麼，快請起。」

　　劉胤不起，兩手捂臉。劉熙慌了神，從案後跑出來攙扶起劉胤，道：「這又不是議事場合，快起來。」

劉胤道：「我罪當誅！」

劉熙溫言安慰，道：「兄長乃先帝所立大司馬，就是犯了禍國殃民萬劫不復之罪，小弟也不敢對你說誅就誅，你且起來說話。」

劉胤一點都沒有要起來的意思，劉熙挪開他的手，見他眼角有淚，道：「何人把兄長惹成這樣？」

劉胤的頭復又低下，道：「是我自己。」他吸了吸鼻子，又往下說：「我武斷決定撤出長安，還不許別人分說，屈斬了胡勳這位忠臣。」

劉熙道：「那是臨危圖存，避其鋒芒才撤出長安來到這裡。那時是小弟我下的令，不全是你的過，快起來。」

劉胤仍然長跪，道：「更令為兄我羞愧的是，吾等這邊一撤，叛將蔣英、辛恕那邊當作易守難攻的堅城擁眾盤踞了，現在正要奉表向東投靠後趙。這樣，長安城不就成了後趙的了。」

門外邊，一個責備的聲音傳進殿來：「長安是第二根基，後趙據有了長安，吾等何以對得起先帝？」

劉熙眼望門口，道：「安定王請進來。」

劉策走進殿來，行色傲慢，連禮都不行，朝劉胤一彎腰，把他攙起來，而後才向太子躬下身去，道：「後趙石勒真要據有了長安，先帝百戰擁有的這片疆土很快就會被他的精銳之師踏平。大司馬，那時你的臉恐怕更沒處放了。」

# 第四十三回　略關中直搗前趙巢 承眾議石勒即帝位

劉胤朝他拱手，說道：「你來得可當時候，我此時正向太子細稟長安之狀。先帝東出時，囑我一定佐太子守住長安。長安穩，藩鎮便穩；藩鎮穩，便兵不亂、民不慌。可我，我不爭氣呀！」

劉胤羞紅的臉向旁側斜了斜，不敢看劉熙、劉策二人。過了一下子，半轉過臉問劉策肯不肯幫他。劉策長得粗笨，但腦子並不笨，聽了劉胤問話口氣知道他想奪回長安，覺得可行，只是要看武攻還是文取。武攻恐怕往返用兵，徒勞無功。加固長安城牆時他是監工，外面的城隍寬深，又放入一人多深的水，城裡面的叛軍不下十萬，那可不是說奪就能奪回來的，所以他低沉沉地說了一聲：「先莫直攻。」

劉胤對此不敢苟同，道：「你是不是以為蔣英、辛恕反叛，是因為我力主撤出長安不準備抵抗後越兵馬西入，對國朝失去信心，賭氣叛我投靠石勒？但你要知道，踏入歧途的腳要拔出來，是得思量的，怎可能反正過來呢？」

劉策道：「我想可以。因為蔣英並不糊塗，他不見得願落那個叛變之名，去使說服，或可出現轉圜。」

劉胤乾笑搖頭，道：「能不動兵刃當然好，只是他們已向後趙遞了降表，遣使往返長安。」

劉策手拔佩劍，道：「你懷疑本王在幫石勒，也太低估了別人的忠誠了吧。」

哧啦一聲，劉胤也拔劍在手。劉熙惶懼之下，驚叫一聲「不

可動手」，說道：「都是自家兄弟，怎可這樣衝動？」劉策留在門外的兩個侍衛，聽見屋裡的聲音，執刃闖入，劉熙的侍衛迅疾出劍將兩人擋住。眼看就要兵戎相見了，劉策憤憤不平地狠剜劉胤一眼，嗖地把佩劍插回腰間，轉頭猛撥一下門帷出去，他的那兩個侍衛忙也從後面跟了。

劉熙為兄弟失和深感痛心，然他顏面上沒敢表現出來，平緩地伸手按一下劉胤的手，讓他把劍放回原位，扶他坐了，自己也坐了下來，說道：「依劉策說的遣使去一回如何？」

劉胤嘆氣道：「依他？嗯。」

※

朝使帶著兩個隨從到了長安，把劉胤以太子名義寫給蔣英、辛恕的書信遞上去，命兩人鎮守長安，不可心志動搖脫離本朝。兩人看了書信，辛恕殺死正使割下人頭丟給他的隨從，說拿去回覆劉胤吧，他不是要一回書嗎，這就是回書。那兩個隨從回到上邽入殿覆命，把人頭遞給殿前內使呈上去。劉胤被這顆人頭壓得幾乎失去神智，暈暈乎乎地晃了幾下，內侍把他扶了站穩，他叫了一聲「太子殿下」，就低下了頭，兩眼流出慚愧加痛恨的淚水……

未能說服蔣英、辛恕率眾反正，還搭進使臣一條性命，劉胤自是怒氣難平，道：「又多了一條人命，我豈能容這兩個叛賊繼續活在人世，請殿下允我出兵討伐二賊。」

## 第四十三回　略關中直搗前趙巢 承眾議石勒即帝位

　　劉熙看出爭奪長安乃劉胤實心所願，可現下這裡如果沒有了劉胤的支撐，自己又什麼事情都不敢決斷。他實不想讓劉胤離開身邊，又不好直接阻攔，停了大半天，說道：「蔣英、辛恕有十萬人馬，吾等出不了那麼多兵；大將平先洛陽之戰嚇破了膽，隱蔽不出；河間王勇氣尚存，可他難任前驅[01]。從他往下數，劉黑、劉貴哪個是統領前軍之才！連個前軍都督也選不出來，如何征戰？」

　　劉胤道：「據可靠軍牒，蔣英、辛恕是不下十萬之眾，然多為蔣英收編的散兵和塢堡私兵部曲，憑蔣英的統御能力，恐怕難以形成一支敢拒大敵之師。當然，臨戰雙方的戰場之勢有時說變就變，眼下還難料此役結果如何。只是長安之撤過在我，願率兵出戰取回此城，以補己過。」

　　劉熙還在猶豫，道：「還是等一等吧。」

　　劉胤挺身站起，看樣子要拂袂外走了，但他前邁的腳步猛然一倒，騰的一聲停在劉熙几案前面，竟然不顧禮法，急躁地手敲劉熙身前的几案，道：「等到後趙的騎兵先我進了長安城，那就悔之晚矣，我的太子殿下！」

　　這一番言語打動了劉熙，他道：「這樣吧，兄長你可先發討逆檄文，而後校場點兵出征。」

　　劉胤心下一喜，施禮道：「那我先行告退了。」

---

01　在馬前引導護侍，也叫前馬，這裡實際上泛指前軍或前鋒。

劉熙很無奈地朝外揮了揮手。

※

　　咸和四年（西元三二九年）八月，劉胤率領騎兵徒卒數萬，詭道兼行蹚過涇水來到仲橋[02]駐紮，就見太子劉熙遣使來告：安定、北地、洛川等郡縣接到檄文，奮起響應，皆派兵來助。聽完這個消息，劉胤興奮得健步踏上橋頭，橋下是戰國時期從仲山下引涇水灌溉綿延三百里的鄭國渠，順了渠水清風徐來，水面微波蕩漾。他根本沒有心思欣賞這些，而只想奪取長安。

　　此時一探馬來飛報，道：「稟大司馬，小的探明後趙大將石生率領大隊兵馬進了長安，連城牆上的旗幟都變成『石』字旗了，請令定奪。」

　　此報使劉胤奪取長安的熱血頓時涼了下來，他低頭嘆息還是遲了一步。如果在這之前攻打長安，是討伐叛逆；現在進攻，成了兩國交兵，事態趨於複雜，剛爬上臉頰的一點點喜色，也由此褪盡。當他看見幾個親兵正在一處平緩之地為他支帳篷時，猛揮手喊道：「收起帳篷，立刻驅進取長安城！」既而回望一眼兵營背後西面的天後，馬上換了口氣，道：「支吧，支吧。」

　　急躁、慚愧，像兩把插入劉胤胸部的刀子，攪亂了他的心。

※

---

02　在今陝西涇陽西北鄭國渠上。

## 第四十三回　略關中直搗前趙巢 承眾議石勒即帝位

進入長安城的後趙大將石生，在蔣英、辛恕為他設的接風宴上酬酢始飲，一位將軍進來報告說，劉胤將兵來取長安，他的前哨在城外列陣搦戰。

辛恕眼望蔣英，道：「哼，這劉胤清醒過來了？」

蔣英微微而笑，道：「清醒卻糊塗，憑他那點兵力能拿回長安城？」

石生端爵飲酒，道：「劉胤是什麼人？」

蔣英放下酒爵，回答說是劉曜次子，卜氏所出。當年劉曜攻陷洛陽之前，生有二子，即劉儉和劉胤。洛陽陷落，劉曜將晉惠帝司馬衷的羊皇后占為己有，生子劉熙。劉淵在世的時候，劉胤七歲，已身高七尺五寸，劉淵和劉聰都十分喜愛他。劉聰僭號稱帝，封劉儉為臨海王，使劉曜立劉胤為世子。大興元年（西元三一八年）九月，中護軍靳準發動宮變篡奪了漢國政權，劉胤隱姓埋名西逃郁鞠部落避難，數載不見音信，劉曜以為他死於靳準盡殺劉氏禍難之中。稱帝關中時長子劉儉已死，遂冊立劉熙為太子。在劉曜征戰關中打開局面後，劉胤才公開身世，郁鞠部落首領派兵遣將護送他回到劉曜身邊。劉曜覺得劉胤不僅為先帝御封世子，而且有才具，就想仿效周文王、漢光武的做法，讓劉胤接替劉熙承嗣，招致左光祿大夫卜泰、太子太保韓廣等臣僚的抵制，陳說昔日周文王定嗣於未立之前，那是可以的，漢光武因其生母失寵而行廢立，殃及人

子，不足為聖朝效法。劉述等幾個藩王也一致進諫國儲已立，不可輕易。如果劉曜黜免了劉熙，改立劉胤，他們不敢奉詔。劉胤這時候磕頭至地，寧願受賜而死也不願接受儲君之位。劉曜這才放棄了廢立之念，封劉胤為永安王、衛大將軍，督兩宮禁衛軍事，錄尚書事，命皇太子劉熙以家人之禮相待[03]。上年九月，劉曜二次東去救平陽，臨時動議易劉胤為南陽王，拜大司馬，留守關中佐劉熙，朝權盡歸其手。

石生道：「此人智略如何？」

蔣英道：「他有武功，有膽氣，戰羌城、追仇池楊難敵打過幾次勝仗，然其智略一般。」

辛恕哈哈大笑，道：「不是一般，是稀鬆。單只撤出長安一事，末將看他既無深謀，又無遠慮，連尚書胡勳都不如。他原把長安看作難守之城，現下想到它是戰守要地了，又領兵來爭。」

石生聲氣堅定地說道：「讓他爭吧，爭得凶，死得快。」

今天，陽光邁過東廂房屋頂，斜射進大半個院子來了，劉胤的兵馬還沒有來叫罵搦戰。站在簷廊下的石生，眼望東屋的門帷，叫道：「辛將軍，你知會蔣將軍，吾等到城上看看外面為何沒了鼓聲和喊叫。」

---

03 即正式場合，雖然年長的劉胤得向其弟皇太子劉熙下拜，但在宮中，劉熙須向劉胤行拜見兄長之禮。

辛恕在屋裡應了一聲，遂與蔣英一起出來。三人登上城牆朝下看，剛打散劉胤之兵的中山公石虎的都尉望見了石生，在城下向他傳達石虎鈞令，令他即刻揮兵西進，配合石虎會攻劉胤。

卻說石勒接到石生請兵奏表，立命石虎率二萬騎兵趕來關中，直攻縶在仲橋的劉胤大營。劉胤早已有備，以為自己陳重兵於本土，士氣上占有絕對優勢，上上下下膽氣很壯。石虎的兵馬掩殺過來的時候，劉胤陣前一位黑臉黑鬚黑甲，騎一匹滾圓黑馬的將軍，手提一支長矛來戰石虎。石虎瞟了一眼這員悍將，估量可以接他十錘八錘。但兩人剛一交手，從長安城裡衝出來的石生、蔣英、辛恕的兵馬，就直攻入劉胤的大營，劉胤急忙鳴金撤回黑將，傳令收兵。到了這年十月，石虎騎兵在義渠[04]大敗劉胤。劉胤帶領殘兵敗將向西逃竄，石虎、石生、蔣英、辛恕一路追至劉胤新闢的營地——上邽。

節節敗退，迫使劉胤只能背水一戰了。他集中了所有「精銳之師」，背靠上邽城列開陣勢。那個黑將踩著城上城下一齊擂響助威的鼓點出戰，擊敗石虎兩位部將後，石虎拎起兩顆沉重的鐵錘去戰。那個黑將受不了雙錘的重擊，敗陣遁逃。劉胤身著兕甲立馬持戟截住石虎，雙方通報了姓名，石虎勸劉胤若能挾劉熙出降，可免他一死，讓他好生掂量。

石勒殺劉曜，此仇不共戴天，劉胤豈肯獻城投降？他左手朝

---

04　在今甘肅西峰東境，歷為春秋戰國時期西戎國之地。

執戟的右手上握去，望空一拜，低聲誓曰：「請爹在天之靈助我殺死此賊。這一仗要不能取勝，爹的仇恐怕永遠難得報了。」

劉胤怒視石虎，用力揮動畫戟來戰，但他也不是石虎的對手，勒轉坐騎往城門跑去，想入城據守待援。跑到城門下即大喊一聲「快開城門」，緊隨其後的石虎騎兵喧囂著衝過去搶奪城門突入上邽，前趙王朝的災難瞬間降臨── 太子劉熙、大司馬南陽王劉胤及諸王公臣僚將校三千多主要人物被俘，石虎下令全部屠殺，前趙滅亡 [05]，關中、秦雍之地悉歸後趙，其版圖迄今擁有幽、冀、青、兗、徐、司、豫、並、雍、秦、朔十一州，占晉朝統一天下時的大半疆土，南抵淮河，北至陰山、燕山、山海關，東臨於海，西至隴山以遠，都為後趙統轄疆域。

※

荏平縣塢主師歡，此刻從牛叢塊那邊回到前庭，家臣在門口報了一聲有朝使到來，師歡出迎，請入庭裡。朝使站在庭中鄭重宣諭後趙國王石勒委任師歡為荏平縣令，師歡知道此為石勒對他知遇之恩的報答，可他所願旨在經營他的塢堡，不希望混跡官場，要當面謝絕。家臣覺得他對石勒也算得上有薦引之功，應該領受，勸師歡領受謝恩。師歡大不情願引背下拜而謝，承命來到荏平縣治所露個面，就返回塢堡去了。

---

05　指從屬於中原的匈奴屠各族人劉淵建漢到劉曜改漢為趙，歷劉淵、劉和、劉聰、劉粲、劉曜五帝二十七年國滅。

## 第四十三回　略關中直搗前趙巢 承眾議石勒即帝位

　　塢主出身的師歡，經常讓人陪他去牛叢塊轉一轉。有一天，他出來塢堡選擇了一條田間小道，款款往牛叢塊方向走，途中偶得一隻黑兔，騎馬送到襄國城獻給石勒，說今得此陰精之獸，乃為禎祥之兆，預示殿下宜速附天下之望，登基稱帝。

　　石勒非常清楚師歡對他的忠誠，但他眼看那隻兔子哈哈大笑，說牠什麼也預示不了，擺手命師歡帶上他的兔子退下。師歡從殿堂出來，讓一位守門侍衛引著直接入後宮進見劉王后和程妃，行跪拜禮畢，仍以黑兔為說辭，請兩位女主人勸石勒早登皇位。

　　兩位女主人知道石勒並不希望此際匆忙稱帝，沒敢以師歡所教進言，然而在朝臣僚卻望風推服，今日這個勸他登極，明日那個勸他正位，勸勉者連日不絕。石勒正煩擾的時候，前來拜辭的師歡說道：「請大王且到臣的堡裡住幾天豈不是好。」

　　孰料這話竟讓石勒有些不高興，臉色也黯淡下來。因為提起為奴傭耕之地，那些飽受監工鞭撻、同枷被打死、捆綁在樹幹上挨打等往事歷歷在目，讓他難抑心頭陣陣的心酸與刺痛……

　　奴隸歲月是石勒的痛點。他這時候不太想去師歡的塢堡，所以眼望師歡，說道：「你是想讓孤去那個傷心的地方再傷心一回嗎？」

　　師歡撲通跪下，道：「師歡我……我見朝臣連番勸進，使您……」

石勒離座去扶師歡，道：「孤不怪你，起來。」

師歡看一眼石勒彎腰扶他的兩手，緊張的心情才放鬆下來，引身前傾下去一拜站起來，一副笑臉陪在石勒案前回答他的問話。

當夜在寢宮說起此事，劉氏、程氏二人說那年支屈六護衛在師歡塢堡住了一個時期，覺得師歡和他的家臣、侍僕出於安全，沒有少費心思，恐怕後半輩子都沒有機會去看望他們了。

石勒頗懂女人心思，做了國王這些年，也沒有帶她們去過什麼勝地，欣賞過什麼景物，借此去一遭茌平並不為過，就命她們隨駕跟著師歡往茌平走。待過了聊地[06]岔向師歡塢堡的路口，師歡見石勒叩馬停下來了，忙欠身，說道：「師歡也不想讓大王難過，若大王以為可以，就不要往堡裡去了。」石勒半晌沒有搭話，師歡卻向前揮了一下手，道：「都跟我來。」

遙見前面出現了一堵一人多高的土牆，朝著土牆又走了一陣，看見了高出牆頭的旗杆，石勒驚訝道：「唔，讓孤到當年聚兵之故地來了？」

師歡點頭搭話的時候，已經走近城堡大門。他下馬微微躬身揖讓出手，把眾人讓進去，石勒剛對徐光說這便是他聚兵草創之地，裡面的兵卒就都緩步迎上來看。師歡抬手招呼一聲，道：「大王駕臨，還不拜見！」

---

06　春秋時齊邑，秦置聊城縣，縣治在今山東聊城西北。

## 第四十三回　略關中直搗前趙巢 承眾議石勒即帝位

那些兵卒個個原地跪倒，拜道：「恭迎大王。」

城堡還是那個城堡，卻已物是人非。原以為這裡已經荒落清寂沒有人煙了，但沒想到土院乾淨，兩邊的房舍庫小而整潔。石勒被吸引得只是細看，顧不上說話，只做了一個虛扶的手勢。徐光見狀趕快讓眾人起來，跟在石勒身後進了當年所謂的帥堂 —— 一座比周圍版築土牆茅草苫頂房舍略大一點的正屋，屋裡的破几案、案後的座席、門裡一側靠近牆邊的杖和支在兩邊供照明用的牲油鼎臺，都還擺放在原處。那些兵卒見石勒每看一樣都直發感慨，因道：「大王臨走留下的幾個老兵全故世了，吾等是塢主派來守護這裡的。」

石勒問道：「爾等衣飾、飯食資用從哪裡來？」

兵卒看師歡，師歡躬施一禮，道：「他等原是為臣守塢堡的家丁。臣不想使這裡荒蕪下去，就派他幾個來了。」

石勒道：「聽說你對飢寒流民常傾資救助，又養活了塢堡幾百號人，錢糧也不寬裕，以後這些人的資用就由朝裡撥付。」

師歡呵呵一笑，道：「等師歡窮得揭不開鍋灶了，再靠國庫。」

石勒笑道：「好，隨你，再到那邊看一看。」石勒讓支雄、徐光把劉氏、程氏也領了來，看了水井、汲水雙耳罐、儲水池，走進原先做飯食的地方。這裡是好大一排草棚，棚下的鍋灶半截裝在土裡，半截壘在地面上，有的灶上還墩著殘破豁口

的飯鼎、陶鍋，大口圓陶缸與一些別的炊具零亂地堆在幾個角落，一個陶甕斜倒在一邊，粗拙古樸……劉王后看了這些，傷心得連腳步都走不穩當，側身倚到一口破缸上。走在她身前的程妃，半轉回身挽了她的左臂，道：「站一站，站一站再看。」

徐光叫了一聲「王后」，眾人聽見都湊過來問候。劉王后下垂的雙眼抬了抬，緩一口氣，道：「大王一介布衣起兵於亂世，風風雨雨九死一生走到今日這一步，真不容易呀！」

師歡道：「那年在城堡，以當時之情沒敢讓您和程夫人往外面去，要是見了那邊的一些故地，您會以為更不易。」

劉王后挪動一下腳步，道：「知道，本宮知道。大王、張越、桃豹、王陽幾個，都說過那時世道的混亂與險惡，本宮聽了就渾身打顫。」

這時石勒看了看劉王后滲汗的臉，道：「妳勞頓了，回屋歇息一下。」

在師歡的特別照應下，石勒在版築土屋裡屈駕寢宿了一夜。第二天清晨，他走到仍然直豎在院裡石墩上的旗杆前，兩手托住晃了晃，微笑著朝站在庫屋門口的支雄道：「還是這般牢固。」

趕支雄走過來說話時，師歡也從屋裡出來，眼望大半截已被陽光照亮的旗杆，朝石勒走近，道：「如果大王以為可行，臣會仿照原樣製一面旗幟，還寫上『十八騎營寨』五個字掛上去。」

## 第四十三回　略關中直搗前趙巢 承眾議石勒即帝位

支雄笑道：「那會讓人以為十八騎又回來了。」

石勒哈哈大笑，這種笑，是發自內心的對城堡的眷戀，他道：「做旗的時候，孤本想用十八騎大營，眾人說吾等人不過千、馬不上百，用『大』字太虛。孤說行軍打仗，講究的不就是虛虛實實，就用『大營』吧。後來孔萇來了，刁膺不久也加入進來，他們懂得外面世間的事理多，說先用『營寨』為妥。『寨』，含有防守之壘的意思，外面的小股兵主[07]多注重築壘以守築壘以固，成為打不破、摧不垮的堡壘。待以後兵馬多了，隨便改稱大什麼都可以。只是還沒有輪到改用『大營』、『大寨』，就隨汲牧帥跟了公師藩去打大仗了，沒有用上那個『大』字。」

支雄笑道：「可是離開這裡以後，很快便用上了，『大軍』、『大營』、『大帳』、『大將軍』、『大王』，一概都是『大』字。」

眾人無拘無束地說笑著，猛然一聲「報——」視線裡一匹快騎順大門奔將進來，眾人忙止了說笑，只見那快騎下馬跪倒，道：「啟稟大王，中山公悉平關中秦雍，遣主簿趙封為使送來玉璽，右長史程公差小的來請問大王是回朝受璽，還是命那使者送到這裡來？」

石勒一呆，又暢然一笑，道：「玉璽？起駕還朝。」

※

玉璽是皇權的象徵。眾朝臣將玉璽之得，看作天賜祥瑞，

---

07　頭領或主帥。

又是一番慶賀。三三五五連袂或進殿庭跪拜，或入寢宮揖禮，勸石勒承天賜符璽，早居大位，但是他沉思不語。

使臣趙封住了數日，入殿面辭行禮畢，問道：「如果大王沒有別的吩咐，小臣即起身回返陣前去了。」

石勒看著趙封，方想起他帶來的奏表，拆開泥封閱視，道：「中山公奏表略陳辦畢戰後諸事即歸，估計此時事已告結。你傳孤口諭，待凱旋還朝之日，孤以盛宴為他慶功。」

趙封應聲領命退出。

右長史程遐與徐光、裴憲、續咸數人，幾番聚議如何勸石勒及早稱帝，各種想法和意見漸趨一致，殿堂內使來傳石勒口諭：西征勝歸的大軍回到了襄國，命程遐去把石虎及其隨征諸將接到設在大殿簷廊下的宴席上，他要隆重慶祝石虎橫掃關中秦隴之役的全勝。程遐聞命而行，帶了隨從將石虎接了來。令石勒沒有想到的是，慶功宴竟成了勸進的場合 ── 石會和侍衛們陪他從殿堂出來走到宴席几案邊往下坐，在場僚佐全都迎面跪倒在地，道：「臣等以為今大王功德圓滿，又得符璽，當面南稱帝，不負眾望。」

滿朝文武這般擁戴，石勒心中激蕩得不知如何應答為妥，倒是想起濮陽侯張賓故世之前說過，東晉臣僚勸司馬睿稱帝時，有臣下教他義全而後取，謙讓之而接受。他攢眉仔細思考這話，竟然笑了，欠欠身，道：「孤知道眾卿盛意，然此間旨

## 第四十三回　略關中直搗前趙巢 承眾議石勒即帝位

在慶祝中山公季龍與大將石生將兵蕩平關中秦隴之勝。至於孤的尊號，從緩擇日再議。」他微笑著伸出雙手傾身虛扶，道：「都起來，起來舉爵共賀眾將士功勞。」

跪請的多數臣僚邊說敬待大王欽定，邊朝石勒一俯直身而起，石虎等還長跪在地。石勒看了看，命內侍過去將他們扶起來，慶功宴轉入正題，話裡話外，說著盡得前趙所有關中秦隴郡縣土地那些事。石生傾身與石虎說，連豪渠爭雄的氐渠蒲洪和赤亭羌帥姚弋仲都投降了我國，大王今日已是眾望所歸，有何不可坐上皇帝之位。石勒讓侍衛將石虎叫到自己身旁，一者不想讓他繼續鼓動稱帝之事，二者以飲酒融洽他與程遐、徐光的關係。待石虎坐定，兩人互端酒爵將要對飲，徐光說大王已不可再飲，伸手接過石勒手中之酒去與石虎對飲。石虎裝作沒有看見那樣，朝左下方一斜，對老臣續咸道：「飲。」

徐光被晾到一邊，輕搖著頭把酒放到几案上。

此情此形，石勒全看在眼裡，攢眉睃了石虎一眼：「他怎麼一點都不體諒！」

石虎與程遐、徐光之間的分歧由來已久。近幾年，在石勒強有力的駕馭和協調之下，勉強維持著脆弱的平衡，但由於程家事件的出現，雙方裂痕日趨加深，已是各存戒心，互相防範，又怎能坦誠相見坐在一起暢飲呢？看來讓三人和解的事又一次失敗了，石勒心中悵然，他猛一拍几案，吼道：「斟酒！」

跪坐斟酒的侍衛，小心為石勒斟滿酒，偷看石勒的神色，而石勒示意徐光接過侍衛手中的勺子，幫石虎和同几案的所有人都斟滿酒。石勒的眼睛盯住石虎，心說這是徐光斟的酒，孤看你飲不飲？然後端起酒爵面對同几案的眾人，見石虎眼望徐光、續咸都端爵在手了，痛飲起來，直至晝漏滴盡[08]，才結束。

　　徐光送石勒到寢宮門口，石勒向徐光擺手，命他再到大殿簷廊下去看看，不可使眾人飲酒過量。

　　徐光雖然應了一聲，但站定半晌沒動，一直在望著與殿庭樓閣屋脊連為一體的玉宇，已經踏進門檻的石勒又返身出來，道：「徐光你是否有話要說？」

　　徐光躬身深施一禮，道：「微臣以為大王盛德應天，當登帝位，宜以眾人之意而行。」

　　石勒堅持他的「從緩」，拂袂命徐光退去。徐光不想失去這個進言的機會，道：「可是，今時命既臨，怎可不行呢？願大王趁時即位，以承天意。」

　　見石勒不語，徐光才輕抬腳步默默離去。

※

　　差不多在後趙滅前趙的同時，與後趙隔淮分疆而治的晉成帝司馬衍之朝內亂又起。晉明帝司馬紹死後，五歲登基的司馬衍幼小，眾朝臣尊奉庾皇太后臨朝主政。庾皇太后拜她兄長庾

---

08　即天黑。

## 第四十三回　略關中直搗前趙巢　承眾議石勒即帝位

亮為中書令，庾亮自以為位高權重，挾輔朝政，擅權排異，一心想剪除與己不合的蘇峻、祖約等人，連石勒大將石聰越淮河攻壽春，祖約屢次求援都不發兵。散騎常侍蘇峻在歷陽任職時，收羅亡命之徒聚眾謀反，於咸和三年（西元三二八年）冬占領石頭，後又攻入建康，庾亮棄國奔亡江州。江州刺史溫嶠等，共推荊州刺史陶侃為盟主，聯兵討逆，逼迫蘇峻退守石頭城。咸和四年（西元三二九年）春末夏初之時，蘇峻在一次守衛石頭城的戰役中，乘酒醉單騎出戰，墜馬被擒身死。叛軍沒了主帥，很快各自奔散。駐紮江北聲援蘇峻的豫州刺史祖約，走投無路，北渡河水投降了後趙。石勒召見祖約詢問晉廷內部細情，藉以避開臣僚的勸進，可是右長史程遐一點也沒看出他的用意，竟對石勒說祖約雖為祖逖之弟，但不具備祖逖之德，不忠本朝，留用此人難使眾人信服。更有羌帥姚弋仲上疏極諫，道：「大王義行天下，人所共知，今為何接納朝三暮四之小人祖約為臣呢？」

石勒憑案垂下眼皮坐了半晌，好像忽然憎恨起祖約來，下令將祖約及其數十親信斬首。

每日面奏催促石勒臨位登極之臣不絕，咸和五年（西元三三〇年）仲春二月，再也推不過，石勒以後趙天王名號臨朝，行皇帝事。石勒頒了一道詔令，詔曰：「自今以往，有疑

難大事，八座[09]及委丞郎皆詣東堂，詳論權衡以裁決。其有軍國要務者須啟，由僕射尚書隨局入陳，勿避寒暑昏夜……」

※

在天王位置上僅僅過了八個月，中山公石虎、右長史程遐等在石勒召集的早朝之時，領了群臣齊聚殿堂，再次下跪復請石勒正皇帝位。石勒遜讓不過，才冠冕冠，著袞服，腰繫紫綬，腳躡赤舄，祭告過天地，還身建德殿，升至陛階之上受璽，坐上九五之尊的寶座。待陛階下的文武僚佐伏拜山呼禮畢，石勒讓眾臣歸列，口諭：循例大赦，改元建平元年（西元三三〇年），擬移國都至鄴城。

依照新皇帝登極古制，石勒追尊三代，封其曾祖為威皇帝，祖父為宣皇帝，父周曷朱為世宗元皇帝，尊封其母王氏為元昭皇太后。

冊立劉氏為皇后，主六宮之政。

立世子石弘為皇太子。

署其子石宏持節散騎常侍、督內外諸軍事、驃騎大將軍大單于，封秦王；左衛將軍石斌為太原王；石虎為太尉、守尚書令，進封中山王；石生為河東王；石恢為輔國將軍，封南陽王；石堪為彭城王；石虎之子石邃、石宣、石挺也都封了王；拜左

---

09 古代八位高級官吏的總稱，但其具體各朝不盡相同，魏晉南朝指五曹尚書和二僕射、一令。

## 第四十三回　略關中直搗前趙巢 承眾議石勒即帝位

長史張敬為左僕射，右長史程遐為右僕射、領吏部尚書，虁安為左司馬，支屈六、郭殷為右司馬，李豐為從事中郎，前郎中令裴憲為尚書；徐光為中書令、領祕書監；其餘僚佐進秩賜爵各有等差。

同時，論功封爵，封開國郡公文武二十一人、郡侯二十四人、縣公二十六人、縣侯二十二人。

封進百官，各得爵祿，群臣稱道吾皇聖明。石虎心中有一種強烈的不滿足感，回到庭屋私下對他的寵子冀州刺史、齊王石邃道：「我身當矢石二十多年，成趙之基業者皆我之力。大單于之位理應授我，今反授黃口小兒。待主上晏駕之後，當盡殺無遺。」

極為尊崇石勒的石邃聽了，駭得周身打顫，心下暗道：「您從陛下那裡得到的夠多了，怎敢這樣說，這可是彌天大罪呀！」他愣住了那樣站了許久，蠕動舌頭舔舔乾裂的嘴唇，鼓足勇氣諫石虎不可貪慾太甚，但石虎一雙狼一樣的大眼睛一翻，吼道：「你敢教訓你爹，嗯？」

石邃看著石虎露出桀驁不馴的神情，大有那時他注定能贏的徵象，而石虎此際並不需要誰來揣測他未來的命運，他怒目切齒，道：「看什麼，你以為你爹不敢？」

石邃栗縮以敬，疾速旁移開目光……

# 第四十四回

## 諫國主朝臣不懼刃 說佛經縱論御民策

## 第四十四回　諫國主朝臣不懼刃 說佛經縱論御民策

接受群臣朝賀期間，石勒一直在想移國都至鄴城的事。

從泥土裡走出來的石勒，非常懂得儉得奢失之道，並不過分貪求奢華侈靡，矜誇高貴。但他既成為一國至高無上的帝王，便覺得當有一些能夠說得過去的宮闈殿宇，以壯國勢。前幾年，他就嫌宮闕簡陋，建德殿庳小。修建的時候，只想如同秦王朝之前古人那樣把大宴群臣的盛宴設在殿堂簷廊之下，所以把前廊出簷修得很寬，殿內的採光、通風、透氣都不是很好，多次提出營建鄴宮。這次登基典禮更看出眾多朝臣聚集於殿堂的狹窄，因此便重提營建鄴宮。

石勒召集群臣殿議鄴宮營建規制，廷尉續咸上書力諫，道：「鄴城三臺早已築就，規模格局也頗可觀，稍事修繕即可為宮寢，陛下是何還要勞民耗資增建鄴城殿宇宮掖呢？」

興頭正盛的石勒聽得大不順耳，當著眾朝臣的面對續咸大加責讓，說道：「續廷尉所言有悖情理，就是百姓家有了資財還想築一別屋了，何況朕為萬乘之君，富有天下，而不可營造一宮？不斬你這個老臣，朕的宮殿如何得建？」

列班殿堂的朝臣聞聽這番呵斥，聒噪之聲頓起：「陛下建鄴宮又不花你的錢，你阻攔什麼？」「不識時務的東西該斬！」等這些不乾不淨的話都甩了出來。續咸蔑視地看了眾人一眼，道：「你們可以盡揀髒話往我頭上潑，不去想想現下物儲不豐，還不能支持陛下拿大量資財去築鄴宮。」這就更把怒氣難消的石勒惹

到了非斬續咸不可的地步。他板起面孔朝文班那邊看了看，敕命御史收捕續咸囚禁待斬。

臣子觸怒了帝王，帝王囚禁了臣子，這在古代君主專制的國度裡，是司空見慣之事，但今日在場的右僕射程遐覺得續咸所諫乃為忠言，既是忠言，就不該囚禁待斬。他邁出班列俯身行禮就要出言勸阻，覷見石勒冷森森的兩眼看向自己，心下一怵，把邁了半步的腳用內力穩穩地收回，倒又不見石勒有什麼訓示，也不見別的人有什麼規諫，才向緊靠他的中書令徐光斜了斜下巴。徐光已預備好了一些言辭，想以古時候史官吟詠詩歌諷喻君主的做法進言，也想用歷代王朝以記史或者諍諫方式制約君主的不正之行來說服石勒，只是看見程遐腳步前邁的意思，又不想露頭陳述己見了。現在程遐向他示意了，徐光跬步上前跪下，奏道：「續廷尉斬不得呀陛下。」

徐光跪諫之聲壯了程遐的膽量，他重又出班嗵的一聲下跪，道：「臣附議中書令之見，續廷尉直言進諫，說的確是實話，不能斬。」

稍後又有文班尚書裴憲、黃門郎韋諛等出班奏稟，差不多都跪下了。跪在班列前的說斬不得，跪在後面的也說斬不得，端坐帝座的石勒微移目光看武班。要是武班的人也站出來講請，興許他會即刻口諭不收捕續咸。可是班首的中山王石虎一副黑臉直站在那裡不為老廷尉求請，後面的人一個也不敢出班

奏言。石勒知道石虎因與程遐、徐光有隔閡，就把文班的人都視為眼中釘，怎麼可能配合文班求情呢？石勒有些難以自持那樣，吃力地站起又嗵的一聲坐下，面朝下面，呼喝道：「你也說斬不得，他也說斬不得，朕只有兩隻耳朵，如何聽得過來。」

恐怕在殿僚佐誰也看出來了，他不是聽不過來，而是要讓下面請求赦免續咸的人，一個說罷一個說，倒要看看武班的將領能不能被文班的人激出一些聲音來。他的眼睛又有意瞄一下武班以後，伸手指指中書令徐光，道：「第一個說斬不得的是你，你和朕說說，為何斬不得？」

還長跪在地的徐光，復又引背彎腰下去一拜，道：「陛下聰睿明達，向來兼聽下言，本朝臣民沒有誰不把陛下譽為唐虞 [01] 般的賢君，此刻為何連一句忠臣直言都厭惡得不願聽呢？臣在想，眾朝臣倘若都能以說真話來督察施政，那可真是保我後趙社稷的一大幸事。反之，如果都苟活安命無任何見解，陛下您又怎能知道事情的對錯好惡呢？續廷尉規諫乃忠誠之舉，陛下以為可用則用，不可用也當寬容善待，怎麼反把他捕拿待斬呢？」

尚書裴憲奏道：「有一回，與王子春說起幽州滅王浚時，臣與荀綽頂撞過陛下，陛下聽了我們頂撞的理由，反和臣與荀綽道歉，王子春說陛下像漢初的劉邦，豁達大度，納諫如流，臣

---

01　即姬虞，字子於，又稱晉唐叔，周成王子，西周時晉國開國之君。因周成王之朝宰臣周公滅唐，把唐國封給叔虞，故稱唐叔，後傳位其子變。

願陛下此風山高水長。」

聽幾位臣僚說罷，石勒嘆道：「人君盡握國柄，言出必行，但如此專斷反會傷害良善。」

說到這裡，他看一眼徐光、裴憲，道：「卿等可以歸列了。鄴宮遲早要建，今且按廷尉之見暫停，以壯忠臣直言之氣。」他抬一下手，又把徐光叫住，道：「朕命你去囚室傳朕口諭，釋出廷尉續咸。」

徐光俯身深揖一禮，倒退出殿。

石勒在大殿召見了續咸，賜予絹百匹、稻百斛，好一番撫慰。

廷尉續咸伏在地下，泣拜再三，謝恩退出。

暫停鄴宮營建，石勒便想遠出狩獵，主簿程琅跪地相勸，道：「啟奏陛下，如今劉曜餘孽、司馬家的刺客隨處出沒，孫策之禍不可不慮。萬望陛下以社稷為重，就此罷行。」

這一諫，又惹出石勒一肚子的火氣，他道：「建鄴宮不行，狩獵也受阻，朕還算個一國帝王嗎？」他大聲喝道：「閉上你的臭嘴！朕於千軍萬馬中闖天下，區區刺客焉能擋得住朕的狩獵？」

程琅跪在石勒身前沒動，道：「狩獵得去原野甚至蠻荒，即或林木朽株之為害也常使古今帝王引以為鑑，望陛下慎思。」

石勒已經不想聽這些絮絮叨叨的勸說了，命侍衛拔劍逼迫程琅退過一邊，侍衛的劍擱在程琅脖頸上，程琅毫不畏懼，就

是跪著不退。右僕射程遐怕石勒再發火，上前一步，對程琅道：「我已安頓左衛將軍多帶些侍衛與兵卒，陛下又是馬上帝王，想來自會平安，你起來吧。」程遐將程琅扶起，那些侍衛扈從石勒上馬出獵去了。

然而，剛過午時，石勒無獲而返。

程遐把石勒接回宮中，問道：「陛下，怎麼不見您的坐騎呀？」

石勒微嘆一聲，道：「朕追逐獵物的時候，馬躲閃不及，觸樹而死。唉，不聽忠臣之言，落得慚愧而還。」

事後石勒賜程琅朝服錦絹，封爵關內侯，以彰其忠。

※

治國施政的需求，使石勒重視文化教育和人才培養的思想也在向前發展，他命專人編修《上黨國記》、《大將軍起居注》等史志；在已有的基礎上新增了宣文、崇儒等學校，設專人管理；詔令各公卿和州牧大吏把他們每年向朝廷推薦的賢良、方正、直言、秀異、至孝、廉潔之士的人選送上來，由朝廷派員問策考辨，規定答策考辨為上等者拜議郎、中等者拜中郎、下等者拜郎中，這種取仕形式頗接近於隋唐之後的科舉制。旬日之後的議政朝會上，石勒又下令在襄國城西建明堂、壁雍、靈臺三處招賢堂，廣納賢才。

招賢堂建成時值七月雨季，中山西北連日暴雨，形成罕見

山洪，沖捲無數根山間巨木漂流而下，堆積在堂陽[02]一帶。堂陽縣令跑到朝裡來報災，說巨木堆積得像山丘一樣壓蓋了莊稼。石勒聽了滿臉堆笑說，看是天災，實為老天爺贊他營建鄴宮吧。

辭退縣令，石勒隨即命石虎遷出三臺，派遣少府任汪、都水使張漸率五千工匠監造鄴宮。他自己也再次親往擬定規制，下令模仿洛陽太極殿建造一座建德大殿。石虎的態度仍和上次一樣，不滿石勒來指畫鄴宮的建造，只是此刻石勒還沒有覺察到這一點。

這次巡幸鄴城，石勒駐蹕城邊舊兵營之地。石虎當即趕來拜見，說既要建造建德大殿，當建得宏大壯麗，讓世人矚目。

石勒點頭應酬了幾句，送走石虎以後，問程遐，這季龍就來說這個？程遐也覺得有點不像。他朝石勒住的屋子這邊走來的時候，遠遠看見石虎在屋門前躊躇了一陣子，後來望見程遐從身後過來了，才慌手慌腳撩帷進了屋裡。程遐此時想了一下石虎那種欲入不入、躊躇不前的樣子，道：「臣進來陛下這裡時，只在盡禮節，先沒有多說什麼，心想看他中山怎麼說，可他竟說了那樣的話。還有，臣看他甚不快，是不是嫌外面居處不好？」

石勒道：「季龍說話總是讓人捉摸不透。住處窄小就說窄小，何必將建德大殿建得『宏大壯麗』這樣的話來讓朕去思索呢？」

---

02　因地處堂水之陽，故名。西漢置堂陽縣，在今河北新河西北。

　　在這件事情上，程遐不想再接石勒的話，可石勒倒像向他傾吐煩悶那樣，說道：「季龍對我國之興，建立了無數的功勳，可朕也沒有虧待他，他怎麼可以這樣？」

　　程遐默默地看了一眼石勒，沒敢往外吐露想說的話。

　　當天剛黑，石勒讓程遐和內侍陪同自己親臨石虎新安頓下來的住所看望。走進屋裡，石勒瞟一眼臥榻和正中放置的一張几案，以及散亂擺放著的古樸雅致的青銅鼎、盃、陶俑等器物，道：「讓你住此庫小屋室是不甚合適，然這只是短暫的。建成宮殿後，朕為你建造一處稱意的王宮。」

　　石虎跪下，拜道：「謝陛下。」

　　石勒扶起石虎，道：「朕與你共用天下，何以言謝。」隨又把口氣一轉，道：「君子行事，當彰明心跡，切勿因小事悒悒不爽。」

　　右僕射程遐見石虎沉沉應了一聲，就去拍下跪時沾在膝蓋上的灰土。他平日裡見不得石虎對石勒的輕慢，這回又使他看到了石虎的不恭，低低地罵了一句：「惡徒！」

　　此時，石勒一聲不吭出了門外。程遐以為石勒聽見了他的罵聲，大步跟上去說，他實在看不慣中山……

　　程遐的話被石勒向身後憤甩寬袂的響聲截斷，卻似乎覺得他是在甩石虎。因為石虎沒有邁出門躬禮相送，又沒有讓僕從秉燭照明，所以程遐叮囑內侍攙扶石勒左臂緩步前走，待他返

回去叫中山王秉燭來送。石勒這時一把抓住程遐的手臂，道：
「引路！」

　　回到住處，半個多時辰都不見有人來伺候石勒所需。後來，一個兵卒猛不防闖進屋來。石勒對他的不報而入已很生氣，他又一聲不吭放下端來的湯水就走，石勒大聲把他喝住，道：「怎麼這麼不懂規矩，沒有禮數？你的主子是誰，去把他叫來，朕要問問他是怎麼管教下屬的？」

　　那個兵卒不敢報出主人的名姓，只是跪下叩頭求饒，道：「一切都是小人之過，望陛下寬恕小人吧，小人……小人我我……我再也不敢了。」

　　程遐見那個兵卒嚇得戰戰兢兢趴在地上，勸石勒放他走了。

　　所有這些都使石勒覺得石虎對自己不滿，然他並不清楚石虎對營建鄴宮的態度還和上回一樣，不希望他來插手。石勒原打算在鄴城住到大殿築起根基再回去，但因忍受不了那些不遂心意的「侍奉」，次日天剛亮就把程遐一干人叫起，連旦食都沒有進，就上馬離開那座舊兵營，回到襄國城。無意中看見一個騎馬胡人闖進止車門，本就滿肚子憤懣之氣的石勒，當下召來宮門執法吏馮翥便是一頓痛斥，追問道：「適才騎馬進去的是什麼人？見他闖入禁地為何不阻止？如此行事，人君所為之法令何以威行天下？」

　　馮翥惶恐屈膝跪下，竟忘了日常所忌諱的「胡」字，回道：

## 第四十四回　諫國主朝臣不懼刃　說佛經縱論御民策

「向有醉胡騎馬馳入，吾等雖為宮門執法，可是所能做的也只有呵斥阻攔。那些人狂傲蠻橫，呵斥阻攔有時有用，有時沒用。」

「醉胡」二字，讓石勒搖動下頦苦笑，沒再責怪馮翥，擺手讓他退下。將止車門所見之情，與在鄴城石虎及送湯水兵卒的所言所行聯繫起來，令石勒憂心忡忡，他召來中書令徐光侍隨來到郭黑略營帳。郭黑略不在帳裡，他的侍兵說在校場教士卒操練擊刺，就立刻命那侍兵引領去了校場，悄聲觀望了一陣郭黑略親自持矛示範教士卒操練以後，才回到宮裡。

天黑下來，石勒又把徐光召來，道：「卿代朕再去一趟郭將軍兵營。」

徐光問道：「去把他召來？」

石勒道：「不是召來，是隨便看看。」

徐光不解，也不好再問，施禮道：「臣就按陛下旨意去一趟。」

※

第二天早朝，石勒照例在大殿聽政，議事畢即召見徐光，道：「卿坐下，把夜間去郭黑略兵營之情說給朕聽。」

徐光謝座坐了，說他到了郭黑略將軍的帳裡，但見兩個兵卒兩眼微閉，雙手合十，面對帳壁唸什麼。身穿便服的郭黑略，這時命侍兵秉燭過去，同另一個兵卒翻閱一卷經書。聽見腳步走動，才轉身往起一站，看樣子雙手相合要行佛禮了，半

中兩手前拱向徐光一揖，招呼他坐了，道：「昨日徐公奉駕前來巡視，沒有聲張就走了，是不是吾等下面軍紀不整，操演不精，惹陛下生氣了？」

徐光搖頭，道：「不是你想的那樣。陛下見你親執兵器教導部眾，不想擾你之興，這不又命我復來見你，把當時匆忙離開之事說開，免得錯會陛下盛意。」

郭黑略道：「要真是這樣我就放心了。」

石勒呵呵一笑，道：「卿可真會婉轉，幾句話倒把個郭黑略心裡的結給解了。嗯，後來呢，後來你就這樣回來了？」

徐光道：「郭將軍不讓走，說既與陛下看了兵營的操練，當對不足之處做些指點，他好糾正。」

石勒道：「這表明郭黑略求進心切，你和他指出些什麼？」

徐光道：「那時臣想皇命在身，也不能多待，對他說我徐光雖讀兵書，可沒有臨陣參與過多少實戰，沒敢多說什麼，但是他的親兵插進話來，說你既不願當面督導我兵營操練有甚不當，就請解釋一下這個『意』字。澄大師講解時說是在禪法的十念之中，是守護心意還是別的什麼，記不清了。郭將軍也把方才翻看的那卷書簡翻出來，擺到几案上。我見他求的是佛經裡的『意』，接過他指的地方看了幾句，覺得那佛文晦澀深奧，的確難釋其義，就把書簡推向郭黑略，說你郭將軍常聽佛圖澄大師登座說法，與大師細研佛經佛理，探究玄旨，頗有心得，

都快成了又一個大師了，叫他解釋去，我一個凡夫俗子哪懂這個？郭將軍呵呵一笑說，你徐公博古通今，什麼簡文到了你手裡，不是一誦即通。何況澄大師說一切眾生都有佛果覺體，只要拂除客塵，本有的覺體也就自然顯現。所以不管怎麼說，你也勝我郭黑略多矣，連澄大師都說我雖然皈依佛門，至今還沒有悟出世間一切都是空的，又如何做得『意』在禪法裡的意思的解釋呢？那親兵這時看著郭黑略說，不要難為徐公了，過一兩日他自己去請澄大師釋個明白。郭將軍說，澄大師去看望來此遊訪參學的道安大師去了，等他回來以後去請教。」

石勒抬手止一下徐光，問道：「以卿看，今日的郭黑略與過去比有何不同？」

徐光回道：「不一樣多了。以前為人玩世不恭，暴躁粗野，無視軍紀，打罵兵卒，眾人叫他郭黑劣。葛陂歸來後，他皈依佛門，成了佛圖澄的門徒，誦經修行，佛意感悟維繫他的進取，意念言行起了變化，有了如今這個樣子。」

因為扯上了佛圖澄，徐光想起石勒以前曾說佛圖澄之術不過是一些旁門左道，不值得宣揚，但自孔萇和他說了郭黑略的部眾陣前衝殺勇猛，已經趕上支雄、劉征的部眾那樣的銳氣了後，石勒似有所改變。此時石勒聽了，微笑著說洛陽之戰他已經感覺到了這一點，並召見了郭黑略，向他詳詢佛圖澄之術。徐光問他說，陛下近日怎麼總是問及郭黑略之事？

石勒把鄴城的事和從鄴城回來看到的闔止車門的那些情狀重複了一遍，說他以為必得有一種行之有效的御民之策，以使那些不義之民謹循常習，恪守本分，方可靖社稷安民心。

　　投身石勒麾下這些年的親歷親見，讓徐光體會到石勒的說話、行禮、穿著等多有中原之風，治國御下之道倡行儒家的仁德禮治和法律懲處並用，效果也頗可觀，還有什麼比這更好的御民之策嗎？徐光苦思半天，想起石勒讓郭黑略講佛圖澄之術的事，是不是想用佛教教化臣民呢？多一種御民之法也是好事，它可以和儒學教化相互作用，使那些邪曲之行消失。大家就會心無邪念坦蕩行事，是非邪惡自會少下來──能從一些所見所聞的瑣碎事體中聯繫到國家的長治久安，聯繫到黎民百姓的安定生息，真是聖君之志。他當下興奮起來，向石勒恭施一禮，道：「陛下此慮深遠，憑微臣淺薄之議，恐怕難以做出圓滿的回答。」

　　石勒縱眉疾視徐光，隨之面帶淺笑，道：「你我君臣誰不知道誰，不必謙虛。」

　　看出石勒還要往下聽的樣子，徐光正了正身形，道：「從郭將軍的變化看，他所好者佛也，日久見功，有了大的長進。一段日子以來，臣看出國人缺少中原士人那樣的禮儀文德，可謂勇悍有餘，文德不足。既然郭將軍善念善行的養成得益於佛，那麼陛下若能以佛教化臣民，使臣民誦經祈禱，熱衷於佛事，向善而不行惡，世俗會不會是另一種景象呢？」

## 第四十四回　諫國主朝臣不懼刃 說佛經縱論御民策

　　徐光簡短的陳述，石勒聽了微露喜色，道：「朕是有此想法。前幾日與幾位臣下論及御民之道時，有人勸朕法當年王衍推行老莊玄學；有人則像那年行販洛陽的路上二兄長寧軀那樣，說玄學會使一些人一味玄談不思做事，不讓朕推行。朕歷來主張實務興邦，自然願納後者之見，卿以為妥不妥？」

　　徐光欽敬一拱，道：「陛下聖明。」

　　要是換了別人，不喜歡奉承的石勒早把他斥退了，而對徐光，石勒只說他不想聽這樣的奉承。因為自己不是聖，不是聖，也就無所謂聖明。征戰多年，一城一池說拔就拔了，說得就得了，但御民可不是說一句話、下一道詔書而能了事的，那些人連禁門都敢闖，讓他想起來就一肚子火。此刻召徐光來是問計，不是讓他來奉承。

　　聽了這番話，徐光越覺得石勒聖明了，差點又把「聖明」二字說出來。他知道若再如此說，必定惹得石勒龍顏不悅，只得忍住激動，說老莊之學堅持天地萬物皆以無為本，主張忘掉自我，無須有所作為，叫作無為而治。照此下去，必致農耕廢、兵志惰；農耕廢，衣食無接濟；兵志惰，疆土不能守，社稷存亡可想而知。

　　徐光頓了頓，說道：「陛下既說御，即指已有之眾，不可為之無。事實上，權與利、富與貴，皆人情之所欲。有所欲，必有所行。陛下所見闖止車門者和鄴城那些不敬的行止，可以說

是在私欲驅使之下而出現的。人的私欲可以抑制，卻無法絕其有……陛下聽說過晉朝太康中期曾有過陳毅九品官爵論、魯褒〈錢神論〉嗎？」

石勒道：「數年前大執法、右侯張賓制定官階時知道官爵論，〈錢神論〉沒聽說過。」

徐光道：「時任晉朝太尉陳毅的官爵論之要，在於吏部考核官爵升降之弊，說如果不能對言行修著者升、道義虧缺者降，那麼官吏就會身處官位不親其職，享受俸祿不盡其力，遇事拿不出計策，謀劃沒有遠圖，所行無實績，以致一些廉讓之風少見了，爭訟之俗多起來……御民治國不抑制這樣的私欲而教以公義，則諸事難成。」

石勒默自噓噓氣，道：「此論極有道理，過一兩日朕再與你細議此事，先說〈錢神論〉的本體又是什麼？」

徐光簡略回答說〈錢神論〉是南陽隱士魯褒所作。此人好學多才，不求仕進，以貧素自立。他本就厭惡魏晉名士虛無混世之行，又見晉元康之後綱紀大壞，賄賂公行，隱姓埋名而著〈錢神論〉。此論有極端的一面，也有觸及時弊實質的一面，說錢的本體，有乾坤之象，外形其圓，內則其方，為世神寶，字曰孔方……錢之為神，往無不利，即使沒有德的人也可能受到尊重，沒有勢的人也會門庭若市……可以使危變為安，死變為活……許多事情非錢不行……

## 第四十四回　諫國主朝臣不懼刃 說佛經縱論御民策

　　石勒聽著逕自發笑，覺得徐光以隱士魯褒諷喻當時失權於臣下、政出豪門勢位之家的晉惠帝司馬衷的〈錢神論〉，來勸諫他當用心治政御民，不可以虛無之說誤國誤民，道：「朕又不是司馬衷，卿無須扯那些東西。你說，若不用老莊之學，又用何策？」

　　此問使徐光不知該先從哪裡說起了。原打算援引某些成例，比如「商君治秦，法令至行」；《漢書‧武帝紀》裡面的「導民以禮」和近期他從東晉逃來趙國的劉隗口中得知丞相王導助晉元帝司馬睿以仁義倫理為本御下，漸次消弭了許多不軌之行的事實，來為還不能脫離孔孟之道做些鋪墊，但他看出石勒已不願聽下去了，才準備往佛事上轉的時候，石勒笑呵呵地道：「卿三句不離古人之教，是不是朕的想法不合時宜？」

　　帶有責備口氣的質問，切中徐光這個儒者不想讓禮儀失常、人倫關係荒廢的思想本質。他屈膝跪下連搖其頭，說道：「不不不，臣是將幾個古人導民之例與佛的御民之法放在一起，任陛下比較擇其優者。」

　　石勒的笑顏迅疾消失，眼窩深處的兩隻眼珠滴溜溜轉動，神情中凝結的疑問霍然而出，道：「起來說，你主張哪一種？」

　　徐光低頭先抹去頭上的汗珠，邊說謝陛下，邊慢慢爬起來，道：「陛下想的是哪一種？」

　　是專意來聽徐光對御民之策的意見的，這一反問讓石勒受

不了，他一下子站起來把窩在肚子裡的氣吐了一口，又坐了下來，喝道：「是朕問你，還是你問朕？」

他怒顏厲色，鼻子哼了哼，道：「你侍朕這麼多年，朕能不清楚你的為人和行事嗎？每出一言，都是經過慎酌。那年苑鄉使你夫婦坐牢，你不服，問朕你妻子何罪之有，命你無罪的妻子連坐天理何在。那時反問，可以說是朕讓你妻子無故連坐有違律法所引起，今日朕怪你了、逼你了、強制你了？為什麼反問起朕來了？」

石勒連聲的責怪，讓徐光慌得早又跪下了，卸下頭冠謝罪，道：「沒有，都沒有。臣的本意是想說民間在信奉佛事方面，有的還把佛奉為西方之神，立神位以敬。」

石勒冷冷道：「這不是心裡話吧？」

對此問沒法作答，徐光不吭氣。石勒還是有些氣，一直看徐光的臉。徐光頭低沉，並不知道石勒在看他，只聽內侍說這奏表是右僕射程公呈送上來的，請陛下御覽。接著聽見几案上響動了一下以後，石勒腳步平緩向他走過來，道：「不用跪了，是如何酌量的就如何說，朕不怪罪你就是了。」

石勒下腰扶起徐光，等他戴好頭冠以後，把落在他臉上的目光略一收，再抬眉盯住他，站在那裡等待他的回答。徐光拱手一揖，說道：「有陛下這句話，臣就放開膽量了。」

石勒點了一下頭，道：「這就對了，不過……」

　　徐光道：「知道，臣不會漫無邊際。」

　　兩人談了這麼久的話，石勒言語裡沒有流露出反對儒家傳統倫理的言辭，徐光便把話意往宣導佛教與孔孟傳統文化並行方面轉，微微噓一口氣，道：「佛教講的是善，孔孟講的是仁。一善一仁，各強調各的，其主旨又有相通之處。孔孟的仁政、王道、義理，根子是論說性善的。臣知道陛下已經注意到郭黑略的轉變——受佛的教化，彰善癉惡，帶出一兵營忠心為國征戰強敵建功立業的將士，然郭黑略之言行並沒有完全背離傳承道義，那天他還約臣去他的兵營講講道義在修身與治兵中的用處，說有些士卒為人處事沒有教養，品行不端。」

　　石勒的臉復又生出笑意，道：「這個題出得好，你去了？」

　　徐光知道，講這件事是要聯繫到「六藝」中的禮，也要聯繫到樂。因為禮是規範言行的，樂可以讓人們融洽同心向善，於是說道：「還沒去。在這方面董肇研習得比我深，想請他去。」

　　石勒道：「到時候你也去。」抬手讓徐光往下說。

　　徐光道：「陛下明察鑑審識佛義，令臣佩服。以佛御黎眾，鎮靜頹風，軌訓俗紛，不報而進入住室與闖止車門之類的事自會少下來。」徐光借著噓氣，眼瞟石勒，即興又道：「以臣看，為今天下擾攘不靖，可以倡行佛事以教民，也不要阻隔孔孟傳統文化對社稷的維護和穩定。儒學含有諸多倫理道德之教，產生於諸子百家盛期，其思想已成為華夏生民的一種禮儀仁德修

養，即使老莊玄學，也有益於個人修身養性，言行情緒不生邪滋事。」

聽徐光說到這裡，石勒精神陡地一振，揮手道：「朕就以卿之見一試。」

石勒倡行佛教，在儒學依然盛行的情勢下，轄境之內許多地方出現了建佛寺發展佛教徒的趨勢，只是當時佛教還沒有真正走進本土人所需的生活領域，發展比較緩慢。到了建平三年，即咸和七年（西元三三二年）盛夏的一天，老天爺忽然發威，烏雲遮空，暴風雨驟間而至，雷電擊毀建德殿端門、襄國城西門……風雨中的冰雹降臨西河介山，大如雞卵，晉陽、樂平、廣平、巨鹿一帶皆受重災，不僅樹木、禾稼摧折受損，有些人和禽獸也死於此災。

上天降此大災，石勒極其恐懼，讓右僕射程遐陪奉入殿禳災，又命內侍召來尚書裴憲、中書令徐光一干擅經史通古今的臣僚上殿，說他活了大幾十年，從沒有遇到這般罕見之災，問臣僚們歷朝可曾有過。

尚書裴憲回答說周、漢、魏、晉諸朝都有過。

徐光讀過《公羊傳》，他不贊成公羊子的天人相應關係說。如果按所謂的天災是相應於人的惡行而以降災的方式給予警告，那麼石勒躬親朝政，並無過失，這種理論還能成立嗎？據此可以說雹災是天的一種異象，不是指某一個人，然歷來有道

## 第四十四回　諫國主朝臣不懼刃　說佛經縱論御民策

之君還是常以天災省察自己，對那些妨礙或違背天道人情的事情加以悔改和修正。說到修正，徐光想起一件事，因倡佛教而禁民間私立神祇，也禁了祭祀介山之神的寒食節[03]，難道是由此惹怒了介山之神？

這麼一說，石勒竟有些憂悒，傾身問徐光眼下之勢如何為妥。

徐光沉思著左右看了看同僚，只說了一句話：「復寒食古制。」

黃門郎韋諛見石勒攢眉不語，即跬步上前施禮，奏道：「《春秋左氏傳》已有記載，藏冰失道，陰氣發洩以為雹，不可將雹災與介子推扯在一起。介子推為天下所尊賢者，又怎會有陰靈未泯而致大災給黎民庶眾呢？臣以為，以介子推之忠賢為念，禁止寒食之節不當，普復寒食遍立祠廟奉祀亦不妥。」

徐光不解地嘿嘿冷笑，道：「照你之見，不是要讓陛下變通其制，在一國之內頒行兩種法令，允許這裡敬奉介子推，那裡不准敬奉介子推，這樣合適嗎？」

韋諛連忙向徐光奉上一禮，道：「合適，謝謝中書令的提

---

03　在清明節前一天，亦說前兩天。此祭始於春秋時期的晉國。晉文公重耳沒有外任時，為避其父晉獻公的寵妃驪姬陰謀加害，在幾位賢臣擁戴之下亡命他國。十九年後回國當了國君，遍封功臣勳舊爵祿，介子推逃避封賞背母隱於綿山。晉文公尋介子推不得，下令燒山想把他逼出來，介子推卻抱母靠樹被燒死。為了悼念他，晉文公敕諭改綿山為介山，在介子推死的那一天禁煙火，吃冷食。以後相傳為俗，叫作寒食禁火。

醒。我想的就是只令先賢介子推安息之地介山一境奉祀便可以了,這叫同域異令,區別施政。」

話說在點子上了,石勒釋然而喜,朝韋諛點了一下頭,遂擊案站起,笑呵呵地讚嘆道:「好,卿這主意出得好,朕就來個『同域異令』。」

當天石勒即下詔解除並州一地寒食之禁,其餘州郡縣的政令不變。

# 第四十四回　諫國主朝臣不懼刃　說佛經縱論御民策

# 第四十五回

## 郭敬詭道取襄陽 陶侃偽和復襄郡

# 第四十五回　郭敬詭道取襄陽 陶侃偽和復襄郡

　　調整了御民之策，石勒便從統一天下的大謀劃出發，把征伐的目標暫定在江淮。因初擬將鄴城定為國都，以洛陽為南都，石勒詔令置行臺，派僚佐駐守。洛陽南出為南陽，南陽之南屬於東晉所轄地界，而南陽又缺少扼守南兵北來的險要，所以石勒召集朝議，問道：「眾卿替朕想想，有何補救良策？」

　　中書令徐光進言道：「南陽是洛陽南的重要門戶，和中原腹地關聯緊密。當今情勢之下，若想靖安洛陽，尤須強固南陽；強固南陽，就得出兵奪取襄陽做南面藩屏，以扼晉兵北來之通道。」

　　尚書裴憲朝徐光微點一下頭，道：「中書令所奏極符合強固南都洛陽之狀。現下南陽為洛陽南之藩，如能使襄陽成為南陽之南藩，洛陽就無憂了。」

　　諸多公卿僚佐也都贊成取襄陽藩屏南陽。石勒聽裴憲繼徐光之後所奏，認為他們都見識深遠，臉上當下洋溢著一種滿意的神色——他第一次南徵兵臨漢沔，張賓說若想從漢沔地段南略江東，須先占領襄陽，因為襄陽是控制南北的要厄。他現在才真正看出徐光具有張賓般的近憂與遠慮，所以高興地從案後特意走到徐光身前，拍拍他的肩膀說，你的宏謀遠見，讓朕看到了右侯猶在。徐光聽了連忙擺手，道：「陛下這話，臣萬不敢領受。張公在時，臣常常以師尊敬重他，他也以門徒教導過臣，只是臣愚笨不敏，對他那些智謀機算領悟不了，甚感慚愧。」

勤奮好學通曉古今的優勢，造就了徐光政治敏悟與軍事機變的獨到之見。在此前的救金墉擒劉曜的洛西交兵中，石勒已經看出了徐光的變化，現在越覺得他比過去謙遜多了、深沉多了。這讓石勒想到對他的那次囚禁就像一堂教育課，使他在挫折中受益，變恃才狂放為平易恭順，如若石虎也能變成這樣，那可就是來日少主之福了。他神情怡然，破顏呵呵一笑，說道：「朕可不是胡誇，是事實如此。」

　　續咸道：「中書令的過謙，正表明他的長進。陛下的褒揚，是陛下不埋沒臣下的作為。」他看著徐光，微笑著又道：「中書令定會想到陛下所言是褒也是勉，你不至於不願上進了吧，老臣可是願你繼續上進的。」

　　老廷尉言辭略帶尖刻，徐光心裡有點不好受。他看一眼石勒，又怕在石勒的眼皮底下還以口舌惹出某些不和諧之言，便咽下這口氣，向續咸深俯一禮，道：「謝續廷尉的關懷，徐光不會自誤，會在陛下的鞭策之下勉力勤事。」

　　石勒道：「對了，就得有這樣的進取心。」

　　徐光躬禮，道：「是，臣定會記住陛下的教誨。」

　　石勒抬手一指，讓徐光歸列，自己也返上陛座，指名差遣荊州監軍郭敬、南蠻校尉董幼出兵攻取襄陽。

　　殿堂內侍按石勒口諭傳旨出去剛過一個時辰，戍守秦隴邊陲的將領就報來急訊，陳說留居氐、羌故地的一些不肯臣服於

## 第四十五回　郭敬詭道取襄陽 陶侃偽和復襄郡

後趙的族落頭領，受晉廷所封涼州刺史張駿的策動，釁眾作亂，聲勢浩大。相鄰的一些土著族人，也有蠢蠢欲動之勢。因戍邊兵力有限，請求朝廷派兵平叛。尚書裴憲說中山王征戰過西河，熟知那裡的地形和氐、羌人的作戰方式，推薦石虎再出秦隴，但石勒說了「可以命中山王」的半句話，便眉頭一縱閉了嘴巴看程遐。列班石勒案前的右僕射程遐，略一前傾，詭祕地遞出一言：「他（石虎）要不回來呢？」

石勒渾身一抖，當下意識到若讓石虎帶幾萬兵馬過去，氐、羌人又對他頗有親近之感，倘若擁戴他立國長安王關中，那不成了又一個劉曜了？石勒眼望殿門定定神，遂轉向朝臣們，說道：「遠水不解近渴，還是讓河東王出征吧。」急遣使快騎馳向長安傳旨，命駐守長安的河東王石生將兵征剿。

氐、羌叛眾並無多大實力，石生就近出兵，看准叛敵兩族不協、兵力調動常常不能如期到位的空隙，各個擊破，很快蕩平隴右叛眾，只是南線的郭敬、董幼與晉朝中郎將周撫隔漢水攻伐的戰事相持不下。就在探馬往來稟報江東政局與邊境戰事之時，徐光聽說江東晉廷出了郭默之亂，估計短時間內不可能平息，忙向石勒進言趁郭默之亂江東自顧不暇之際，加大攻勢奪取襄陽。

鎮守襄陽的晉將周撫，勉勵部眾誓死禦敵，與士卒日夜守在城牆上矢石抵抗。郭敬、董幼正苦於沒有破城之策，此時朝

中來了催促戰事的使臣。使臣說本使來的時候陛下有交代，若必要，可入朝見駕面議。董幼見使臣的話並非朝廷明詔，不主張這樣入朝，郭敬認定這是一種召回覲見的口諭，立即快騎奔回襄國城。

石勒聚集滿朝文武殿堂議事，郭敬自稟一聲趨步入殿，跪下拜道：「臣荊州監軍郭敬有事稟奏。」

突然冒出來的這一聲，讓循次奏事的臣僚們一時頓住，列班前面的當朝廷尉續咸大聲怒斥，道：「這是朝議，哪有這種規矩！」

喝出這一聲後，他抬頭望石勒，石勒也繃起了面孔，只聽見班列中的徐光叫了一聲「郭敬」，石勒急忙巡視一眼，不由得喜道：「是郭敬將軍邪，你來了。」他起身從陛階往下走著，轉身向在殿朝臣揚了揚手，吩咐道：「南線進兵受阻，郭將軍奉召而來見朕。眾卿且等少許，朕得先與郭將軍議議襄陽的戰事。」

對郭敬，石勒禮遇有加，親自扶他起來，郭敬低頭嘆氣想把進攻襄陽受阻的話說下去，但石勒沒讓他說。兩人肩並肩款款步入膳庭，讓膳童獻上大肉佳釀，但郭敬只吃肉不飲酒。石勒笑道：「你不是挺有些酒量的嗎，今天怎麼了，戒酒了，還是嫌朕所賜不是醇釀？」

郭敬下拜，道：「臣不是嫌酒不好，只是今日不便飲酒，還請陛下恕臣拒飲之罪。」

## 第四十五回　郭敬詭道取襄陽 陶侃偽和復襄郡

　　石勒伸手虛扶郭敬，縱眉說道：「你起來說，今天有什麼不同？」

　　郭敬抬手指了指肩頭，把酒敬向了石勒。石勒顧視一笑，道：「朕明白了。你肩負征戰襄陽重任，可是也不能滴酒不沾吧？朕多時沒有賞你酒了，想讓你飲個痛快。」

　　郭敬這時又端起一爵斟滿的酒向石勒敬去，說道：「陛下見臣在家時愛飲些酒，長途行販路上也灌幾皮囊酒放在車上，那是自家的營生，即使多飲醉倒了，也只是少賺幾個錢的事。今天臣身在軍旅，擔著戰事，不比在家經營莊田。」

　　石勒伸手接了郭敬敬來的酒，微笑道：「你不飲也好，明日還得趕回陣前，免得飲多了誤事。」

　　郭敬道：「是，臣就是這樣想的。」

　　因郭敬坐在面前，石勒也無意再飲，放下酒爵與郭敬暢敘一些攻打襄陽的戰事，又命侍衛去右僕射程遐廨庭取回一卷正預備差遣快騎送達陣前的詔書，朝郭敬手上遞去，道：「朕命人寫了這份計取襄陽的簡敕給你，既然回來了，就不送了。你現在就拆開封泥看，望能照此而行。」

　　郭敬伸雙手接了便看，上面寫的是：「阻於難以競渡的漢水，擬改以計取。今敕命退屯樊城，偃旗息鼓，如同無人。彼方若使人探察，可以告說汝宜盡責守土，我鐵騎七八日將至，那時汝打馬飛奔恐怕亦難逃性命。」

郭敬看得認真而仔細，道：「臣想，有此明旨，取襄陽應該順利。」

石勒微笑說就是想讓你輕取襄陽，吩咐道：「若沒有別的事情要奏，你明日可以自去，不必入宮面辭。」

郭敬躬身參禮，道：「臣遵旨。」

※

郭敬返回陣前，與董幼再次站在漢水岸邊看了一陣子洶湧東逝的江水，便領兵退回樊城，以實際所需把石勒詔諭內容加以發揮，天天派部下到漢水灘邊洗馬。對岸襄陽的晉朝偵探把這個情景報給了鎮將周撫，周撫命他再探。偵探領命從早觀察到午後，報說確有許多後趙國的士卒在淺水邊洗馬。周撫甚是憂心，次日親至城外隔水眺望，亦如偵探所報。他忙與部將商量對策，派了一哨騎兵作蹚水過去之狀，想看看趙兵做何反應，結果洗馬的後趙將士不驚不逃，更增加了周撫的疑慮，為什麼不驚不逃呢？難道身後有伏？為了解答心中的疑問，周撫差人穿上當地百姓的衣服去對面偵察，洗馬的兵卒朝他們看了半晌，互相說了一些暗語，說明來人是假百姓。其中背對假百姓的兩個兵卒說朝裡派的騎兵快到了，超不過七八天。等騎兵到了，以快騎踏過漢水，襄陽守軍恐怕逃命都來不及。以郭監軍之計，就是要連他的主將都活捉過來。

那兩個假百姓回去將探得的情報向周撫稟報。

## 第四十五回　郭敬詭道取襄陽 陶侃偽和復襄郡

　　第三天沒到天黑，後趙探馬報說鎮守襄陽的周撫率兵逃跑了。郭敬、董幼兵不血刃得襄陽，而因襄陽城地處漢水南岸，不便駐守，毀襄陽主城，遷移那裡的士民北過漢水至樊城旁邊構築新城堡居住下來，只派少數機動兵力在襄陽駐守。

　　不久，襄陽南面的石城[01]守將魏遐帶兵投降郭敬，說南兵最怕北方騎兵，襄陽鎮將周撫的偵探又錯把準備在洛陽西援石生討伐叛敵的三千騎兵，當作南助郭、董二將攻襄陽報給了周撫，周撫相信確有騎兵將至，慌忙撤出襄陽屯據武昌。

　　輕取襄陽的奏表呈到石勒駕前，他看了欣慰不已，當下發詔署郭敬為荊州刺史，領秦州牧。

　　此間，駐屯巴陵[02]的晉太尉荊州刺史陶侃，得悉襄陽失守甚為驚愕，急道：「襄陽失守，周公周撫呢，周撫哪裡去了，他怎麼能使襄陽失守呢？」

　　稟報消息的偵探回道：「周將軍率兵朝南去了。」

　　陶侃不相信襄陽之失是真，命人做了二次探察，探知郭敬只命部下用了幾句騙人的話，就把個江南宿將周撫嚇跑了，不由得暗自佩服石勒和他的將領郭敬的詭道用兵，卻又恨郭敬輕取襄陽。襄陽之陷，危及武昌，陶侃很為江東存亡擔憂，急忙上表奏聞朝廷，陳述襄陽為漢水南北要衝，是江東北出之門戶。今為後趙奪取，彼可據襄陽以窺我江東之虛實，我朝何

---

01　即今湖北鍾祥。

02　西晉置，治所在今湖南岳陽。

安？宜速遣將收復襄樊之地。

　　久等不見朝廷有出兵襄陽之舉，陶侃轉頭吩咐兒子陶斌操練一千精兵待用。陶斌想了想，道：「爹不是奏聞朝廷出兵奪襄陽了嗎，為何還要自己預備精兵？」

　　陶侃說了一聲「朝廷」就連連搖頭，半晌才悶嘆一聲說，朝廷那邊，王導無顏面對在郭默事件上朝臣對他的指斥，稱疾不出，即令庾太后攜幼主臨朝，也是母弱子幼，優柔寡斷，難有兵來，還是靠自己吧。

　　陶斌道：「靠自己可以，然一千精兵不夠，得三千。」

　　陶侃道：「你先操練去吧，到時候還有別的兵馬。」陶斌拱手參禮出門，陶侃又招手安頓一聲，道：「要快。」

　　陶斌回首，答道：「是。」

　　陶侃預備停當就要出兵了，卻遇上廬江郡的功曹史報來一則凶信——陶侃的另一個兒子廬江太守陶瞻被人殺了。滿屋驚怔，陶侃悲憤暈厥倒地，陶斌和一干侍兵慌張得不得了，忙叫來醫者搶救。陶侃甦醒後，滾身起來悲痛指住那個功曹史，問道：「是誰殺了你家郡守？」

　　功曹史回道：「叛臣蘇峻舊將馮鐵。」

　　陶侃顧不得多想馮鐵襲殺陶瞻，是因為蘇峻死在他與溫嶠統領的平叛大軍的掩殺之下，把仇記到他兒子陶瞻頭上了，還是別的什麼原因，就極度狂躁地揮臂大叫「捉馮鐵！」叫聲將陶

## 第四十五回　郭敬詭道取襄陽 陶侃偽和復襄郡

斌從慌張中喚醒，派出人馬去追拿馮鐵。追拿的人很快回來報信，說馮鐵朝東跑了不遠，又返回來殺陶侃了。陶斌又慌張得要加大警戒兵力保衛陶侃。陶侃怒目圓睜，讓陶斌不要聽那些混淆視聽的消息，馮鐵殺了陶瞻，躲他陶侃還躲不及，哪裡敢來巴陵。

重新差人多路追尋，沒多久得到可靠消息，馮鐵北去投了後趙國。晉、趙互為敵國，石勒會不會允許他把馮鐵從後趙捉拿回來，陶侃認為有點難，可是不趕快去要人，又怕馮鐵再從那裡跑掉，所以他以為即使會遭後趙拒絕，但還是指名一個有膽量的部將為使，持書去了襄國城。

對陶侃此人，石勒只知道他出身行伍，是類似祖逖那樣的江東人傑。他認為給他一個人情也許能換來襄陽方面的安寧，便對著陶侃使者的面，召來馮鐵砍下他的人頭讓使者帶給陶侃，陶侃非常感謝石勒為他除了仇人。透過這件事，陶侃覺得石勒不只有用兵詭詐的一面，也有豪放光明的一面，可以利用他的豪放光明與他來一場智鬥，陶侃叫來兒子陶斌，道：「我想遣使去見石勒，你看如何？」

陶斌愣看了一下陶侃，問道：「爹是不是認為這個石勒還可以共事，欲與他修好？」

陶侃搖著手，說道：「你爹我不是祖士稚，也只是權宜之計。」

陶斌又愣了一下，很想知道遣使去後趙國所含何意。陶侃度出陶斌之意，道：「你不用猜了，我想收復襄陽。」

　　陶斌還是有點不解，道：「孩兒想到爹心疼國土之失，然收復襄陽是出兵的事，還需要遣使向他宣戰不成？」

　　陶侃道：「石勒詭道取襄陽，我亦以詭道復襄郡，使石勒知道江左不可小覷。」

　　陶斌開心一笑，道：「不知爹的詭道是什麼？」

　　陶侃道：「現下我以感謝聘問後趙國，不至於引起石勒的猜疑，而且借此與他言和，有可能使他南線兵備鬆弛，我視隙出兵攻襄陽，可失而復得。」

　　對此陶斌有他自己的看法，道：「這怕不妥吧。孩兒聽出使後趙的將軍回來說的情景，料那石勒志高存遠，沒有把兩國交戰的私怨放在大義前面，看了爹的書信，二話不說就為我殺了馮鐵，說明他胸懷坦蕩，不計前嫌，我當以誠感謝才是。」

　　陶侃聽了斥陶斌，道：「混帳東西，你在為誰說話？」

　　陶斌趕快跪下，道：「孩兒這不是怕引起朝野非議嗎？石勒剛為我殺了仇人，我則想暗隱兵略去奪襄陽，會讓人從道義上指摘我過河拆橋，以德報怨。」

　　若不是事涉疆土，陶侃也以為當以誠對誠，可今天是要收復襄陽，為國雪恥，他道：「你放心，我是為國收復失地而提兵北擊，驅趙兵退出襄陽，事實會證明爹的忠國之行。」

## 第四十五回　郭敬詭道取襄陽 陶侃偽和復襄郡

　　陶斌道：「孩兒盡知爹想一舉奪回襄陽這個要衝之地，然丟了襄陽之責不在爹，朝廷也沒有欽命您去攻取襄陽，為什麼這個時候要急於收復襄陽呢？如果把石勒逼怒了，您的藩鎮之地能保住不被他的鐵騎踐踏嗎？孩兒的想法，爹且莫急，先看一看石勒有何舉動。他若以襄陽為據繼續南侵，我當以朝廷詔命集強兵反擊，進展順利的話，可一舉奪回襄陽，甚或更遠一點的失地。這樣，公義在我，天下人除了景仰，難有閒言碎語。」

　　陶侃扶起陶斌，道：「你所言在理，可我不能接受。因為此時出兵襄陽，不單是一個收復襄陽的事了，爹是想拿收復襄陽給王導一個難堪，讓國人知曉王導居然為顧全自身顏面，稱病不出，連國土淪陷都不聞不問，看看這位治國能臣三朝忠良能在何處，又忠在哪裡！」

　　有著將軍頭銜的陶斌，雖與王導接觸不多，但隨陶侃參加的幾次戰役中知道王導對討伐蘇峻、郭默二賊的叛亂態度曖昧，搖擺不定，也很不滿，便道：「要從這一層意思講，孩兒支持爹的謀畫，願爹成功。」

　　父子兩人商議停當，陶侃召來長史王敷，命他攜帶大量珍寶和信件，過漢水北去報聘後趙。王敷按陶侃「多作致謝，少言南事」的交代，見了石勒伏地而拜，呈上書信、珍寶等物，以表陶侃對石勒殺馮鐵的謝忱。石勒看了陶侃來信，收下禮物，待王敷以上賓，並厚贈賻儀。

王敷返至巴陵，如實回覆襄國城之行，陶侃聽了暗祝：「事可成也！」

※

　　命人送走東晉使臣後的一個濛濛細雨天，石勒在寢宮召見徐光，詢問道：「朕使門下省給事黃門侍郎，請你去與他等一起接待陶侃來使，你去了沒有？」

　　徐光回道：「臣去來。」

　　石勒又問：「臣僚們對陶侃聘問有何議論？」

　　徐光回想接待宴席之間的對話，忽一蹙眉，問道：「陶侃來使僅在致謝？」

　　聽他口氣有疑，石勒自是在意起來，雙眉一皺，問道：「你以為他還有什麼？」

　　徐光道：「臣陪來使飲酒當中，問他此來一路順利吧。那使臣王敷說走反了，繞到樊城新城堡那邊去了，多誤了大半天。」抬頭兩眼望著石勒，徐光又想了一下，道：「他是陶侃長史，來往於江水南北不只一遭兩遭，怎會不知路徑，來襄陽要繞到郭敬將軍所築樊城新城堡那邊去呢？」

　　石勒道：「你說他專意繞到那裡去的？」

　　徐光的頭微點，道：「微臣臆斷他是專意去的，去看新城堡所築方位、規制，或者還有地形、屯兵什麼的。」

　　他（陶侃）想奪回襄陽、樊城？石勒心頭頓生警覺，立刻

## 第四十五回　郭敬詭道取襄陽 陶侃偽和復襄郡

召來裴憲、劉隗把徐光的疑慮說給兩人聽，問道：「陶侃的聘問會有什麼圖謀？」

尚書裴憲前躬俯首就要張嘴說話，石勒道：「卿莫急，待朕先問劉愛卿幾句。」他隨勢一轉看向劉隗，道：「卿原在江左，更清楚陶侃之性。這些年又不乏親朋來去傳遞那邊的訊息，以你推測他的聘問有無所隱？」

劉隗揖禮，先擺了一些細事，說陶侃出自將門，具有其父三國時期孫吳揚武將軍陶丹的勇武韜略資質。年輕時做過尋陽吏，之後屢任軍職，極善治兵，所行嚴謹求實，事不分大小，一應巨細皆要過問，明察真偽。他不近女色，不飲酒，不謀私蓄，不徇私情，時人饋贈財物說不清由來的，一律退還不受。有些朝臣嫉妒他權勢日隆，倒又挑不出什麼毛病，所以他謀定的事說做就做，有時防都防不住。咸和三年（西元三二八年）初，他出兵助溫嶠等將佐剪滅叛逆蘇峻返至鎮所，查清湘州刺史卞敦有意逃避隨大軍征戰蘇峻的事實，奏請收捕卞敦治罪。原江州刺史溫嶠四十二歲去世，擬任溫嶠軍司劉胤為江州刺史，陶侃、郗鑑上奏朝廷，說劉胤心大行狂不勝任刺史之職，宜另選良才。其時九歲帝年幼不能決，把持朝政的丞相王導又不聽，結果釀成劉胤與後將軍郭默生事作亂 —— 兩人因事構怨結仇，郭默矯詔將劉胤誅殺，還割下人頭送到建康。陶侃恨郭默目無幼主，恣意殺人，上表出兵討伐，王導延宕不定，後來

公然委任郭默為豫州刺史（暫駐武昌），氣得陶侃揮筆致書質問王導說：「郭默害方州，就用為方州，倘若再害丞相，也用其為丞相嗎？」

石勒笑道：「這等譏諷，刺得王導不輕，他贊同出兵了？」

劉隗道：「王導不想問罪郭默，陶侃也沒工夫理他朝廷允不允准，自驅兵武昌討郭默，斬郭默於城下，這就是陶侃向來的行事風格。從這種行事風格來推測，他的聘問只是禮尚往來的表達形式，又在陛下為他殺了仇人這個時期，給人一種深含感謝之意的錯覺。他就是以這個惑您不去深究其行，然他定有所隱，臣一時又推測不出他的真實用意在哪裡。」

裴憲看見石勒朝他招了一下手，馬上會意，說道：「陶侃多智敢為，不得不防。臣意，陛下須速差使知會郭、董二位將軍，絲毫不可放鬆邊界防守。」

徐光拱手，道：「陛下，就按裴公、劉公所陳差使去吧。」

採納三人之議，石勒急命尚書裴憲傳旨派使南去，但使臣還沒有見到郭敬、董幼，陶侃已出兵奪去了襄陽城。

原來陶侃對長史王敷後趙國之行所回覆的見聞非常敏感，很怕後趙洞出聘問所隱，增兵襄陽一境防守，日夜派人潛至樊城那邊偵察。這段日子裡，鎮守樊城的郭敬、董幼，知道陶侃與自己的國朝關係和緩，對邊界守衛麻痺大意，失去警惕。陶侃得知襄陽守備空虛後，暗道一聲「復我襄陽的日子到了」，即

223

## 第四十五回　郭敬詭道取襄陽 陶侃偽和復襄郡

從巴陵移兵武昌，在城外紮下大營，召來陶斌，問道：「你操練的精兵可用嗎？」

陶斌施禮，回道：「只要爹一聲令下，三千精兵一個不少帶到陣前。不知爹準備命誰去收復襄陽？差遣的要是我，你最好把彭世、李千二將派過來，他們的鉤頭槍厲害。」

陶侃還在寬慰陶斌說沒有會使鉤頭槍的照樣能攻進襄陽城，就看見帳門外人影一晃，帳門守衛便領了一員將領進來，這個將領參禮，道：「太尉仗義興師復襄陽，桓宣奉命來助，悉聽差遣。」

陶侃伸手說免禮，近前敘話。陶斌已上前一步與桓宣相見，互致平禮，道：「有桓將軍之勇略，不日即可拿下襄陽。」

桓宣笑笑，道：「我那笨拙的兩下子你還不知道，只會在陣前連累將士。太尉若將收復襄陽之功讓予你我，桓宣跟隨少將軍你出戰，唯馬首是瞻。」

陶侃升帳召來諸將，說據探馬所報，敵兵鎮將南出搶掠去了，襄樊二城守兵不多。陶侃親點陶斌率其精銳兵卒，會同南中郎將桓宣立刻往攻襄陽、樊城，另調南陽太守陶臻、竟陵太守李陽以攻新野為幌子，牽制趙軍馳援，使桓宣、陶斌順利拿下了襄陽，又從襄陽過了漢水攻打樊城……

※

話說郭敬、董幼被欽命南征，輕取襄陽後又帶兵南伐，想

224

為國家多拓一些疆土。今天，部眾在長江下游北岸地段宿營休整，幾個兵卒風塵一身跑進他們的大帳，撲通跪下，稟道：「稟將軍，襄陽、樊城失守。」

董幼一聽，手拔腰間佩劍大叫：「晉兵，有晉兵，快來人捉晉兵！」

郭敬也執劍在手，吼道：「爾等膽子不小，居然闖進我與董將軍帳裡來！」他一劍朝最前面的那個兵卒刺去，那個兵卒兩手用力抓住劍刃，連說他們是來報信的自己人，不是晉兵。

人帳門外聽到捉晉兵的叫聲而湧來的將士，把帳裡填得嚴嚴實實。董幼將眾人撥了撥，用劍指指那個手抓劍刃的兵卒，喝道：「還敢狡辯，明明是晉兵，非要說是自己人。爾等看，他們是自己人嗎？」

擠在他身邊的幾個部將說道：「不是自己人，是晉兵。」

董幼把手朝外猛一揮，道：「統統拉出去斬了！」

把那些兵卒拉到帳外排成一行，捆綁起來準備處死，那些兵卒齊聲哭喊冤枉。其中一人仰頭朝向天空，把一個人名告知正飛過頭頂的一隻飛鳥，道：「鳥啊，勞煩你代我傳個口信給他，說日後他若能榮歸故里，一定對我妻子說我已經為國戰死沙場了。」

郭敬一聽，馬上問道：「你說的這個人今在何處？」

那個兵卒道：「他⋯⋯」

# 第四十五回　郭敬詭道取襄陽 陶侃偽和復襄郡

急躁的董幼不願聽，把劍伸向那個兵卒的胸前，郭敬急出手擋住，彎腰附在董幼耳邊，說道：「這個人叫出的那個名字，是我在乞活時的一個同鄉，我看他們不一定是晉兵。」一轉身，郭敬手指另一個兵卒，道：「你回答我，他在哪？」

那個兵卒哽咽道：「在陳川將軍麾下，說是要過河水北邊去的，這時候過了沒過，小人我也不清楚呀，將軍。」

郭敬道：「不清楚可先說樊城，好好的一個樊城怎就失了？」

董幼道：「不要聽他的。江左的藩鎮之將是荊州刺史陶侃，他正與我國通使修睦呢，豈能出兵去奪襄樊？」

那個兵卒道：「是失了，小人沒有謊報，攻取襄樊的將領恰是陶侃的兒子陶斌。晉兵悄聲占了襄陽，又猛撲過江水殺進樊城，吾等將士一個也沒有逃出來。」

嘿嘿怪笑幾聲，董幼擰起眉頭，說道：「一個也沒有逃出來，你們幾個怎麼出來的？這分明是假話，想把吾等騙到回兵的路上包圍殲滅。」他搖著手，朝向郭敬，道：「郭將軍，如果你同意，我立刻帶人回去證實一下他幾個的謊報。」

另一個兵卒接口道：「請主將容我說幾句。吾等一干人在江邊遛馬，望見江面幾個渡口同時過來許多晉兵，一面將旗上書寫一個『陶』字，另一面將旗是個『桓』字，當下明白晉將領兵來攻我軍了，除了兩人跑回城去報信，我幾個躲在外面，親

見晉兵進了城，城樓上很快插上『晉』字旗。原也只聽說姓陶的是那邊的大將，不知道他的名字，卻在晡時之後出來一個回大營報捷的小校，帶了幾個兵，吾等猛撲上前去，砍死小校捉了他帶的那些兵，拷問出攻樊城的將領姓陶的叫陶斌，是陶侃次子。姓桓的叫桓宣，是晉朝的中郎將。問清這些以後，把他們全部殺了，扒下衣服換了，取了小校的權杖，等到天黑混過襄陽渡口盤查，一路奔跑來見主將。」

這個過程使郭敬心下一驚，扭頭看董幼，道：「這麼看，陶侃通使修睦是假。他用了兩手，明一手遣使聘問為睦鄰友好造勢，以麻痺我方放鬆邊境守備警覺；陰一手暗中派兵去奪襄樊二城，吾等上了他的當了。」

此刻董幼也不由得驚怔了一下，他望一眼郭敬，握著的劍用力一劈，道：「陶侃……這個老狐狸！」

郭敬神情慌張，吩咐快把捆綁的兵卒放開，隨即叫了一聲「董將軍」，道：「我打頭，你殿後，全速驅進趕回去重取襄陽。」

郭敬回兵路過涅水，路旁伏兵殺出，為首晉將正是桓宣。奪回襄陽、樊城後，桓宣留下陶斌駐守，自領本部來此伏擊郭敬部眾。郭敬突圍出來，先去援救新野，面對南陽、竟陵兩路一萬多敵兵的拚殺，又吃了一回敗仗，自感有負使命，上表朝廷請罪。

## 第四十五回　郭敬詭道取襄陽 陶侃偽和復襄郡

石勒覽畢兩人簡奏，召集群臣殿議，道：「襄陽之敗，郭敬、董幼自感有負職守，請求交回符節領罪，眾卿以為如何？」

右僕射程遐出班，奏道：「此敗時在陶侃二次與我通使之後，郭、董二將看到陶侃主動與我修好，眼下不會有什麼邊患，便帶兵南略去了。兩位主將又是同時離開鎮地遠征，確有失職之嫌。不過，考慮到受朝廷接受陶侃聘問影響，不必多做追究。」

往日朝議很少說話的老臣杜椵，今天憋不住了。他正正衣冠，緩慢彎腰揖禮，說道：「老臣以為古人有三敗之說，今郭敬、董幼二敗，不足一罪。」

中書令徐光知道郭敬對石勒有恩，多次宴見郭敬，於此場合也不便多說別的，只道：「程公、杜老所言在理，其符節是不能交。今陶侃兵馬還在北犯，形勢緊迫，速命二人堅守南界，伺機重取襄陽。」

聽罷徐光奏言，滿殿僚佐全都傾身俯首，道：「臣等附議。」

高亢洪亮的「附議」，令石勒縱身站起，道：「卿等所言說出了朕想說的話。丟失襄樊，二將有責，然朕輕信陶侃聘問，又沒及時知會二將防他有詐，其責也不全在他們。朕意且不加罪，還命他們整飭部伍，固守待命。陶侃與朕鬥智，以偽和收

復襄樊，朕想與他鬥個三年五載，看看他的智謀有多少。」

朝議後，石勒很快想出一個重取襄陽的計策，於建平四年（西元三三三年）正月假借賀年的名義，去使與晉通好。不料晉朝拒絕接見趙使，還把使者趕出晉的國門。石勒勃然大怒，下令動用大兵南伐。

教練新兵擊刺的將軍王陽，這時祕密進宮，稟報道：「石虎之子石邃在城東兵營挑選甲士，不知何意？」

石勒聞此一凜，急轉目光看向王陽，道：「暗選甲士？」

王陽聽見門外有人走來，只默默點了一下頭。

顧及朝中不靖，石勒暫將所謀之計擱下。

不論陶侃與石勒通使友善跡象是真是假，但外界風傳即為真。各國和各割據勢力見東晉尚且如此賓服於後趙，都紛紛差遣貢使，朝覲石勒。高句麗 [03]、肅慎 [04] 二國皆來朝進奉。還有遠在西域的高昌、于闐、鄯善 [05]、大宛等國也與後趙國通使，進奉貢品，確有一種萬朝來賀之氣象。

石勒見遠近慕名歸服，國土遠遠超過曹魏統轄之域，得意之形溢於言表。在一次設宴款待高句麗、鮮卑宇文部落使臣的盛會上，酒至半酣，他頭一斜問身側的中書令徐光，道：「以卿看，朕與古代歷朝帝王相比，可與哪位相仿？」

---

03　在今吉林集安境。

04　商朝時占據不威山，稱肅慎氏國，在今吉林長白山。

05　分別在今新疆吐魯番、和田、若羌諸地。

徐光一揖，回道：「陛下神武機略，高過漢高祖劉邦，後世無可比者。」

石勒輕輕撫一把鬚髯，哈哈大笑，道：「卿言太過了吧，朕若遇到漢高祖劉邦，當北面事之，與韓、彭比肩；若遇光武帝劉秀，當並驅中原，不知鹿死誰手。大丈夫行事當光明磊落，如日月皎然，終不效曹孟德、司馬仲達，欺人孤兒寡母，以取天下。」

眾人聽罷，皆心悅誠服，跪倒在地，高呼：「陛下聖明！」

石勒暢懷大笑。

# 第四十六回

## 防中山徐程進忠言 臨末路趙主發遺令

## 第四十六回　防中山徐程進忠言 臨末路趙主發遺令

　　後趙太子石弘，字大雅，性擅文好學，親敬禮讓有孝行。石勒見他經常隨杜椒、續咸這些老臣學文，不沾武事，諄諄告誡他：「重文沒有什麼不好，只是如今尚在亂世，輕武就怕難御天下。」

　　石弘滿口應承，道：「父皇教訓的是。」

　　過了一段日子，石勒將石弘叫到寢宮，問他學了哪些武藝。石弘支吾不過，只得跪下承認自己還沒有學，坐在鋪榻邊的石勒生氣地一腳將他踹倒。可巧程妃掀帷進來看見，把手裡端的石勒褻衣倒到左手摟在胸前，騰出右手去扶石弘，說要打就打她，不要打她的弘兒。跪在地下的石弘不敢起來，把程妃推開，說她不懂就不要管石勒如何教訓他。

　　程妃確實沒弄清楚石勒特意叫石弘習武的苦心，所以石勒說她嬌子如殺子，她還接受不了，把手上摟的褻衣朝石勒摔去，哇的一聲哭著跑出門外，石勒無奈投袂命石弘起來送程妃回了掖庭。

　　再三強調太子石弘習武的深意不在「武」，而在「政」。所以石勒一心想把石弘栽培成既有文又通武的未來之君，特意遴選精通兵書戰技武功深厚的將軍教他。有一天，晡食後過了半個多時辰，歇在屋裡的徐光與妻子盧劃幫子女更換夏服的布帛之時，聽見有人在門口說：「在小校場，任將軍、王將軍在那裡教他。」

聽聲音，說話的是徐光的貼身侍衛。

徐光把他喊進屋來，問道：「教誰？」

侍衛答道：「太子殿下。」

按說，這已經是舊事了。三個月前，石勒在一次朝會末了，臨時動議口諭朝臣劉徹、任播、王陽教太子石弘習武，命劉徹、任播側重授太子兵法戰技，王陽重在教太子擊刺騎射。

三人俯首領命分頭教去了。

令徐光有些不解的是，他三人承命教授時，常在殿前大院和東宮側面空場練習，今日怎麼去了小校場呢？是太子殿下有了長進，想一展風采，還是三位將軍想讓太子殿下練得更用心一點，有意搬到小校場去了？徐光不禁又問：「你出去這半天就是去小校場看太子殿下練武了？」

侍衛是代徐光去看望老臣續咸回來的路上轉到小校場的，他道：「我見很多人都去了小校場，想看看那裡有了什麼事，就跟了去。看見陛下在那裡，還以為您也在那裡陪陛下呢，看了一陣沒有看見，趕快往回走。」侍衛不見徐光吭聲，以為他在生自己的氣，逕自跪下認起錯來，道：「是我回來遲了，請責罰。」

聽侍衛這樣說，徐光覺得自己猜錯了，挪到小校場去，應當是石勒的旨意。他要檢驗他們的教和太子的學，便道：「你起來回答我，誰在那裡陪陛下？」

　　侍衛道：「尚書裴公，一下子就走了。後來看見中山王和齊王石邃去了。」

　　徐光道：「他父子兩人去陪陛下了？」

　　侍衛搖了一下手，道：「沒到陛下身邊去，背在場東頭那排樹後黑影處窺視，有時探頭探腦好像怕誰發現。我那時有些犯疑，既然來看，怎麼又背在樹幹後面呢？我悄聲向前挪動到比較靠近他們的另一棵大樹跟前，剛站穩就見太子殿下在抵擋任將軍砍來的大刀時，他使的長槍意外脫手墜地，任將軍撲通跪下賠罪。沒聽清陛下說了一句什麼話，任將軍向陛下參禮說此失怨他操之過急，太子殿下還沒有把力量使到槍上，他的大刀倒砍下去了。陛下大叫大嚷不同意任將軍的那個說法，說不是手勁不到，是心不到。心若到了，其招式自然就到了。」

　　徐光點點頭，道：「陛下說的『心到』，可真是他以多少回的刻苦磨練、多少回的沙場實戰得來的體驗。」他攢眉想著什麼，微轉臉又問侍衛，道：「你就看了這麼多？」

　　侍衛回想當時的場景，有兩個人走到中山王所在的樹幹前面，中山王與齊王就朝樹幹右側移動。他怕父子兩人看見，忙朝另一棵大樹轉去。轉動的時候，聽見齊王說小一輩的人在一起練武，互相模仿來得快，待他去與太子過幾招，引導他幾式，中山王擋住他說「你傻！」中山王的語氣很重，很生氣的樣子。這時場邊又點燃兩處大油鼎，庶乎真要被他父子兩人看見

自己隱在樹後，說不定會……這便悄然離開那裡回來了。

徐光思索了一陣，想弄清楚中山王父子在那裡的細情，忙和貼身侍衛來到小校場東頭一看，樹幹間已是零零落落沒幾個人了，中山王父子已離開。他沒有看見石勒，也沒敢讓太子石弘知道，出來校場去了石勒寢宮。裡面傳出話來，說陛下已經休息了，有事明日來稟。

徐光向傳話侍衛一揖，扭頭要走，忽見伺候石勒起居的親侍出來，彎腰前拱向徐光揖一禮，說道：「徐公隨我來。」

徐光有點猶豫，那親侍說道：「徐公怕前後不一，有什麼不便？陛下有旨，說來者若是中書令，允他覲見，這下你該放心了吧。」

徐光讓他的貼身侍衛等在外面，自己隨了那位親侍進去，歇在榻上的石勒看見徐光向他揖禮，手托榻沿坐起來指著座位讓徐光坐了。徐光拱手謝座，道：「陛下在小校場看太子殿下習武勞頓了，還是躺下歇息。微臣是來看看，並不是有事要稟奏。」

石勒輕輕嘆息，道：「朕近些日子，自感身體困頓。不躺好像有些累，躺又躺不住。卿知道吧，大雅文弱，好文不武，殊不似將門之子。」他微搖下頦，有些不快的樣子，道：「你讀《漢書》給朕聽時不是講到修武備、備非常嘛，在此亂世，有武近乎等於生存；無武呢，家國難保呀！」

聽此話中之意，徐光覺察出石勒內懷殷憂，輕輕一笑，說

道：「微臣記得讀《漢書》時講過，歷代帝王之後有勇武堅毅承祚御國被譽為英主的，也有文弱守成而成為聖君的，像漢高祖劉邦馬上取天下，他的後代孝文帝[01]守之以文治，功業同樣隆盛。在當今國朝之中，臣也發現許多同僚希望陛下萬歲之後的守成之君，是一位有仁孝美德的統御國政者，以憐惜和保護他等的既得利益，陛下又何須過憂呢？」

石勒聽罷沒有說什麼，臉色卻漸露喜悅。

這喜悅雖只短暫駐留，但專為諍諫而來的徐光還是捕捉到了，趁此道出深埋在心底的憂慮，道：「微臣見濮陽侯在世時，與陛下談論過創業與守業的事。許多時候，若沒有伊、霍那樣的賢臣相輔，守業之難要大於創業。如今太子殿下仁孝溫恭，中山王陰毒凶暴且多狡詐，勢威王室，陛下若有不諱，臣恐社稷將危。」

石勒一時驚愕不語，半晌之後將目光轉向親侍，讓他摒去左右人等，道：「事是當局者迷，旁觀者清。卿既察出內中隱患，必想到某些應對的計策。把話敞開，這裡就你我二人。」

徐光望一眼門口，道：「以微臣愚見，陛下宜漸削中山王威權，使太子殿下和幾位皇子早參朝政，於內掌握權力，於外樹立威望，使他們歷練成長。」

---

01　劉恆，諡號孝文，西漢皇帝，西元前一八〇至前一五七年在位。因其治理國家功勳卓著，史家將他與漢景帝兩代並譽為文景之治。西元前一五七年六月卒，傳位子啟。

石勒以為言之在理，直是點頭。

※

事實上，擔心國家安危者何止一個徐光，更有太子石弘的親舅舅右僕射程遐。他見石勒已近暮年，身邊的所謂旁支堂弟石虎又有非分欲望，譎怪多不經，這使程遐為他身後計，也到寢宮向石勒進言，道：「臣有話奏聞陛下，不知願不願聽？」

石勒點頭，道：「說吧，只要是真話。」

憂慮國家長治久安的想法，程遐早想進言奏聞於石勒，現在讓他說了，他又有些發怵，強抑一下心頭狂跳，言道：「中山王勇悍權謀，眼下群臣無人可及。臣數窺其行，無德，無禮，不敬大王，不友善臣民，已不把任何人放在眼裡。其本性凶殘，屠城殺降，強橫不仁，臣民共憤，又久為將帥，征戰有年，內外震恐。他的幾個兒子都年長成人，皆典兵權，其志莫測。陛下健在，臣料中山王自會像眼下這樣，時時做一些表象上的掩飾，不至於有什麼太出格的事體出來，然謀取最高權位才是他的目的，絕難成為輔弼少主的賢良之臣。考慮到家國社稷，應早做決斷 —— 除之，以安天下長久。」

「除之」一詞，把石勒驚得透不過氣來，程遐怎能說出這等荒唐的話來？石勒兩隻眼珠迅疾翻滾，而後眉毛猛一聳，大喝道：「你安敢妄言……」喝出這一聲以後，才沉沉舒了一口氣，停了停問道：「你讓朕除之，怎麼除？」

## 第四十六回　防中山徐程進忠言 臨末路趙主發遺令

一聽石勒口氣不對，程遐咄的一聲跪地，但依然堅持己見，道：「以他預謀叛亂斬之。不除此後患，必遺於少主。」

石勒站起來，一隻手摸著下巴鬍髯，在地下緩緩走動，不由得斜視一眼程遐，命內侍扶他起來，自己卻照原位坐下，目光又落到程遐臉上：這程遐心眼比過去多了，胡幫朕出主意。季龍是跟隨朕打天下的虎將，不能剛有了一片天，便來個枉殺功臣吧？沉吟良久，他才又說道：「方今天下未平，大雅年輕，正需要像中山王這樣的強悍之臣。」

這些話程遐肯定不愛聽，可石勒覺得不趁此把不愛聽的話說給他聽，難保會把「除之」說給某人呢，豈不造成石虎與程遐之間更大的裂痕？他深吸一口氣，說道：「中山王跟濮陽侯一樣，對我趙國之興有佐命之功，還是朕的老娘討要乞食把他養大的，他怎會不顧念恩情而對朕的兒子妄行不義呢？卿放心，朕自有掌控，就算他來日成為輔佐少主治政的第一宰輔，也不至於將你這位帝舅排斥在朝事之外。」

根本沒有料到石勒對自己如此猜忌，使程遐心裡十分難過，咄的一聲跪下哭泣起來，淒淒切切，痛心疾首，道：「陛下啊，您誤解臣了。臣無意違帝命，犯天威。臣所言實為家國，絕無私心。」

他抬起掛著淚痕的臉，看了一眼石勒，道：「臣知道逃難路上元昭皇太后把他當親兒子看待，然他終歸不是陛下血緣至

親，您待他如親弟弟，他的骨子裡不見得以恩義真誠相見。多年來，他為國朝征戰強敵，屢建功勳，那也是在陛下您的統御之下取得的，可陛下處處厚待他，賜封為王，其爵祿已至人臣之極，但他會滿足嗎？臣觀他不會滿足。他所想的，不是因為您才有了他的今天，而是因為有了他才有了您的今天，他怎會安為人臣呢？」

石勒冷笑一聲，道：「不安為人臣又怎樣，把朕攆出國門，這江山他來坐？」

程遐舉了個近期的例證——當今江東晉朝皇帝的祖上司馬氏父子，曹魏國主對其格外優寵任用，最終還是叛朝簒國，改魏為晉，他道：「臣是怕中山王步司馬氏後塵，才冒昧進此直言的呀，陛下。」

石勒認為程遐的泣諫，並非危言聳聽，因為石虎譎詭孤傲，太子石弘也說過石虎捉摸不定。為不使自己身經百戰得來的江山落入他人之手，不能不防他一二。石勒覺得程遐公心直陳，確為家國，大聲叫道：「右僕射。」

聽到叫自己，程遐躬身俯首，應道：「臣在。」

石勒道：「今天下未平，太子又不貪武事，眼下尚需季龍撐持內外諸軍事大局，你所言『除之』，朕不想那樣做。」

聽出石勒還在顧惜石虎，程遐免不了心中暗急，道：「內患不除，很難君臣一力防禦外敵呀，陛下！」

石勒不想再說，只緩緩做出一個朝外擺動的手勢。

但這種決定的後果，到他死的時候才明朗化了。

※

言不被納，程遐心緒極不暢快。他低頭出了後宮，又覺得該返回去見見程妃。轉身之間，望見前面不遠處有一個人，忙問自己的貼身侍衛道：「那人是不是中書令？」

貼身侍衛歪著頭，瞄了瞄那人走相，回道：「是。」

侍衛陪程遐跟過去，徐光已經進入屋裡。正要扭頭返走，徐光屋裡亮起了燈火，程遐才又指使貼身侍衛上前叩門。

徐光僕人開門來看，連忙拱手俯身致歉，道：「是程公駕到，小僕怠慢了。小僕的主人在屋裡，請進。」屋裡的徐光忙也走到門口將程遐迎入。平素兩人心思不甚投合，但在對石虎的看法上又頗有相通之處。兩人分賓主落座以後，徐光見程遐悶悶不樂，摒退閒雜人等，探問道：「是不是中山王？」

既是來找徐光傾訴苦悶，程遐也就無所隱諱地將進諫石勒的事說出，道：「我諫陛下說中山王陰毒不忠，須早下決心防其遺患少主。陛下說中山王對國朝之興不光有像濮陽侯那樣的佐命之功，還是他娘討要養大的兄弟，不會對他的兒子怎麼樣。照他這般話意，太子將來還能坐穩江山嗎？」

徐光早看出石虎對他與程遐有棄絕之意，嘆道：「我也日夜擔心呢。中山王最恨你我，一旦主上晏駕，他必危國害民，首

先被開刀的就是你我二人。」

程遐道：「中書令廣有見識，你說怎麼辦？」

時下徐光還沒敢太暴露心跡，只道：「程公沒有向程妃說透過中山王之事？」

程遐道：「說過。」

徐光道：「她如何說？」

問話使程遐一時低頭沒有照實回答。有一回，程遐向程妃說起石虎將為國朝之患的事，程妃說前時按他的意思向石勒進言，結果屈斬了張披，使國家失去了一位棟梁之材，如今她哪裡還好意思再做那樣的事！他想著程妃的這些話，竟有點悔不該無故彈劾害了張披。張披不死，張賓也不至於很快就死。二張若在，石虎哪裡敢像今天這樣囂張？程遐心裡難過、悔恨，好一陣子才抬頭看徐光，說道：「她也認為中山王是個禍害，可她終歸是女流膽量。」

徐光道：「後來沒有再說？嗯，我想你得幫她壯壯膽。」

程遐道：「那天趁石會領了幾個侍衛奉駕去看街市，我又入宮坐了半天，很多話都敞開了，她始終不吐口。但過了兩天就捎出話來：不能動中山王。」

徐光搖頭嘆息一陣，道：「有一天我看見一個人，躲躲閃閃跟在石邃身後朝左衛將軍住處那邊走去，是你的僕從，估摸是你授意的。明說吧，你在各王中間走動多，中山王有什麼動靜？」

## 第四十六回　防中山徐程進忠言 臨末路趙主發遺令

程遐回道：「沒有發現。」

徐光道：「這倒怪了，怎麼一點動靜都沒有呢？」

程遐道：「一點也不奇怪。因為陛下以為中山王忠於他，或者身後靠他輔政，安邦定國，而中山王那邊呢，一切都在心裡做事，外人難以察覺到他內裡那些隱祕心機。」

徐光想了半晌，覺得沒有辦法深說，只道：「也許吧。他以為他娘討要養大的同族兄弟可靠，但是我覺得石虎就最不可靠——有勇略而不忠，這最可怕。」其時，徐光望了望屋門，轉過臉來抬頭又朝向程遐，道：「程公，此事絕不可向別人說起。若是讓他人知道了，這『倒虎』的罪名，足夠你我丟了性命。」

程遐點頭嗯了一聲。

兩人你看看我，我看看你，沉默了好一陣子，徐光才又道：「唉，陛下不動，你我乾著急也沒用，必得動搖陛下——再諫。」

程遐有點疑惑，問道：「再諫？再諫也怕枉費。」

徐光低沉的頭猛然抬起，道：「事關存亡，枉費也得諫，除此之外沒有別的法子動中山王。」

程遐一下說能諫，一下說近日石勒心情不好，覷見他即使小心，也怕惹盛怒，還是不能再諫，後來拜託不像拜託，商量不像商量，只是微掩下眼皮說囈語那樣說：「要諫，只有你諫。」

徐光苦笑一下，道：「如此唯有功遂身退，遠離塵俗，避開中山王去過隱居日子，管他狼吃羊，河刮地。」

　　程遐急忙擺手，道：「不能，退隱了，他中山王不更要肆意橫行了！」

　　徐光道：「以我看，程公你還是沒有把事情看透。」見程遐在凝視自己，徐光又說道：「因為中間隔著一個陛下，濮陽侯在世尚且無法公開抑他，今日憑你我之力也難有進展呀！」

　　程遐只是哀嘆，與徐光悶坐了大半夜，待他告辭走出徐光屋門，望見頭頂上藍瑩瑩的天空已是疏星寥落。

※

　　徐光此時從祭酒王陽口中得到一點消息，立刻感到再諫的時機成熟。這消息是王陽向石勒稟奏教授太子石弘武藝時，從宮中帶出來的，說石勒聽到石虎父子暗窺石弘練武之狀非常氣憤，怒斥石虎不像個大丈夫！

　　石虎父子隱於小校場樹後偷看石弘練武之事，中書令徐光當晚覲見石勒時並未提起。那時他怕自己進奏，惹來離間的嫌怨，但是從那時起，他就默默察聽這方面的傳聞，果然察聽到了。這使他有了覲見石勒的由頭，遂於次日朝會剛罷，群僚相繼散去，拖延在後的徐光看到內侍揖讓出手請石勒從旁門走，他站定叫了一聲：「陛下……」

　　石勒朝下面一看，從陛階上走下來，問徐光：「徐愛卿怎麼

還沒有走？」

　　沒想到石勒會先問自己，徐光一時無語，情急之中身形一正，隨後彎腰相接兩手前拱揖禮，見石勒降九五之尊彎腰來扶他了，立即直起身來，道：「微臣觀陛下神色有些不悅，不知為著何來，就等在這裡了。」 他先沒敢往下多說，想等石勒的話意，再斟酌當如何進言。

　　石勒卻道：「還不是因為季龍……」說了半句話，搪塞著哦了一聲，改了口氣，道：「朕是說季龍諸將南征北戰，東擋西殺，也未能平定天下，司馬氏、李氏之朝猶存，擔心後世之人不以朕為秉籙御天的真命天子，故此而憂邪！」

　　儘管石勒繞開了真正的鬱悶心事，但這改變不了徐光再諫的意願，他趁間躬身施禮，說道：「晉之前魏承漢運，漢朝滅亡，雖有劉備蜀漢、劉淵平陽建國稱漢，但都不能說明漢朝未亡。時下江左有司馬氏之晉、巴蜀有李氏成漢，但他們的存在無損於我後趙。今陛下疆域拓有二都，蕩平八州，西涼新近又附，占有天下之半，手中又握有傳國玉璽，誰能說這帝王之統不是陛下您呢？以微臣想來，陛下之憂是肢體之憂，為何不憂心腹之患，只去憂四肢呢？」

　　石勒看著徐光，道：「這要不算心腹之患，那何為心腹之患？」

　　徐光道：「中山王對權力的追求高於道義，不臣之心時常流

露在他的言行之中，陛下您知道他沒有得到大單于之位而懷恨在心嗎？您知道他侍宴東宮對太子殿下的輕慢不恭嗎？您知道幾個月前太子殿下小校場習武之時他父子縮在樹後窺視嗎？您知道那時候齊王殿下說他去引導太子幾式，中山王說他傻不讓去嗎？……有些事陛下不甚知道，有些知道的，也隱忍不問，臣恐不早除喪盡道義天良的中山王這個心腹大患，後世沒有制服之人，祖廟必生荊棘呀，陛下！」

這般流暢而直衝的言辭，撞擊到了石勒的靈魂，他半晌無語。待看到徐光跪下了，他才凝神嘆氣，說道：「跪什麼，起來吧！」

徐光聲音低沉，道：「臣言重了，自當領受罪罰。」

石勒搖手，道：「行了，行了，自己知道就行了。」

石勒見徐光所言與程遐之諫極其相似，對除掉石虎又如此急迫，石虎為人做事方面的過失之處真有那麼嚴重嗎？程家事件發生以來，石勒對石虎也暗存戒心，只是昔日好漢今老矣，壯時那種機敏的感知與殺伐果決的行事作風漸趨鈍化，未能完全識破所有的癥結都來自石虎覬覦最高權力之形越來越威脅到了社稷之安，也沒有對石虎多年不改的凶殘本性帶給臣民的畏懼感太當回事……石虎畢竟是他娘託付給他的兄弟，又為他打天下立下了汗馬功勞，下不了除之的決心。

石勒望一眼徐光，道：「卿聽朕說幾句。」

## 第四十六回　防中山徐程進忠言　臨末路趙主發遺令

徐光撲通跪伏在地，道：「微臣恭聽陛下諭示。」

這時石勒臉上不掛一絲溫顏，道：「卿是朕的股肱之臣，相信你出於國朝之安而進此良言，然也不必草木皆兵，把事情看得過於嚴重。今日之議到此為止，朕希望一切歸於平常。」

徐光謝恩出殿，直接去了程遐那裡。

儘管程遐、徐光擺了許多事實和理由，石勒依然不相信石虎暗隱圖謀皇位的野心，還是把程、徐二人諫他防中山王的事看作是私人糾葛，不存在權力之爭。他支走徐光，回到寢宮坐立不安地思索如何紓解他們與石虎的關係。劉皇后看石勒低頭不語走動的樣子，斷定他心中有繁難事，遂旁敲側擊地探問，石勒才把內部文臣武將不調，外部北有慕容廆虎視，南有陶侃繼祖逖之後從未停止收復河朔的腳步，像兩隻餓狼一樣盯著他的疆土之事說與劉皇后聽。不紓解程、徐與石虎之間的隔閡，又何以防禦外敵侵擾呢？劉皇后對石虎的奸詐早有耳聞。她告誡石勒說石虎似一座城，心機很深。這些年時常奉命征戰撻伐在外，好德行長進不多，惡習卻沾染不少，除了沒有人臣之心，什麼鬼心眼都有，什麼毒辣手段都敢使，防他之心絕不可懈弛無備。他斟酌損益，最終拿了主意，採納徐光建議先讓太子石弘參與朝政，裁決政事。

石勒佩服劉皇后的見識，次日一上朝就向臣僚宣諭詔令——自今日起，太子石弘監尚書省參知政事，凡尚書奏請，即送交太

子參決。令秦王石宏也參與朝政，與太子石弘同議國政。

此詔一出，太子石弘蒞政理事，承皇命輔弼太子的中常侍嚴震，由此權過首輔。中山王石虎不禁著慌，心情鬱悶而不平。

※

咸和七年（西元三三二年）七月的一天，樹靜無風，襄國城中塔簷上懸掛的一隻吊鈴無故獨鳴。一些佛家弟子探問善察鈴音的佛圖澄那個吊鈴獨鳴之意，佛圖澄回答說國有大喪，不出今年。

悄聲說了這一句話後，佛圖澄就忙他的事情去了，別的人也沒往心裡去，事情就這樣平平淡淡地過去了。同時也因為此間得到營建鄴宮的幾位臣僚報來一則喜訊 —— 澧水宮竣工了，這就把石勒和眾朝臣的注意力一下子轉移到了那裡，更是漸漸忘了佛圖澄的話。

剛跨進中秋八月，石勒口諭駕幸鄴城去澧水宮。

原傳旨第二天旦食後動身，忽見西面的烏雲漫天而來，又馬上改變行期刻下就走。右僕射程遐、中書令徐光和刁膺、石會、程琅等一干文武、侍衛，前導後扈，走出幾十里路程，一陣狂風刮來，吹得傘蓋和各色旌旗歪歪倒倒不能支撐。石勒瞇起眼遠望天空，才說一聲「要下雨了」，那瓢潑大雨真格的就唰唰地猛潑下來。石勒風寒侵身，當下患疾，眾臣慌忙左右扶翼返回襄國城，不能視朝。

## 第四十六回　防中山徐程進忠言 臨末路趙主發遺令

　　石勒躺在病榻上，竟生命垂危。雖經御醫診治服藥，仍然昏沉，不見轉機，只好口諭召太子石弘、中山王石虎、中常侍嚴震等到禁中待命。當眾人到來之時，中山王石虎詭譎一看石弘，說他先進去看一下，未等宣召就隻身入寢宮，出來後說道：「陛下說了，眾臣僚一律安守職分，不必入宮探視。」隨又傳出詔諭說除他石虎在宮內伺病之外，石弘及內外大臣親屬皆不得入內。

　　隱隱之中，石弘、嚴震心中結著一個疑問：陛下他怎能連太子和信臣、親屬都不許入內探視呢？卻也沒敢問出聲來。自此時起，石勒病情是增是減，其他人無從知曉。

　　石邃問石虎，道：「為什麼不讓他等探視？」

　　石虎頭臉一歪，輕喝一聲，道：「你知道什麼，出去！」

　　很快，中山王石虎擔心執掌兵權的秦王石宏、彭城王石堪看出些了什麼，忙以石勒病情為由，召石宏、石堪回宮探視。忽一日，石勒病情稍稍見輕，睜開眼正好看見秦王石宏走到病榻前，驟然大駭，道：「嗯，秦王何故在此？朕使你提兵在外擁有強藩，正是以備此時，你倒丟下千軍萬馬跑進宮來。說，是你擅自回來的，還是有人召你入宮的？」

　　石宏眼淚汪汪，道：「兒臣是……是……」

　　石勒盛怒，道：「誰召你來的，立刻派武士將他斬首！」

　　站在一旁的石虎惶懼起來，迅疾趨前彎腰躬身施禮，道：「秦王思念陛下龍體，快騎前來探病，我馬上差人送他出宮回封

地去。」

石勒閉上眼睛，微微點頭。

但石虎領石宏出了後宮，反派兵將他軟禁在襄國城。待石勒再次醒過來，問秦王回封地了沒有時，石虎道：「當時已奉命回去了。」

石勒是年六十，在位已十五年。

他病情一天天加劇，自忖陽壽將盡，急發遺令日：「朕薨後三日而葬，魂歸故里。殮殯以時服，不藏金寶玉玩。內外百官葬畢即除孝服。各征鎮牧守不得擅離任所而奔喪。國內婚娶、祭祀、飲酒、食肉等習俗照常。」

石勒頓了一下，又囑道：「大雅文弱，朕恐他一時難承治國之重，實現朕之平定天下宿志，中山王當勉力匡輔，勿違朕願。」但天不假年，他沒有等得石虎做出任何應答，就閉上了雙眼。石虎見狀抬腳邁出寢宮，向外面的人說道：「陛下晏駕了。」

這一聲，把時光定在了石勒從奴隸到帝王的最後一刻。

後趙雄主石勒剽悍善戰，一輩子強健英武打了幾多勝仗，最終在病魔與死神的追擊之下敗下陣來，含憂而卒。石虎沿用古代帝王駕崩後，讓承繼祚位者先即位後發喪之通例，請石弘臨軒嗣位。

從石勒病情轉篤，太子石弘一直被隔絕在石虎委派的把守宮門武士的外面，此刻知道了石勒已逝，當下悲痛難支，跪爬

在地大哭。石虎再三催促即位，他迫不得已，戰戰兢兢繼承了後趙國皇帝之位，改元延熙，尊石勒為高祖明帝。

中書令徐光諸人，承石勒臨終「三日而葬」的囑託，領百官舉哀發喪，將石勒靈柩厝放在東陽山谷，等待墓穴築成，但是夜忽然不見靈柩去向。因石虎對殯葬石勒另有謀劃，夜間密令八支送葬人馬抬了八口棺柩，分別從襄國城四門而出，前往八個方位出殯，葬於深山峽谷和荒野之地。數日後石虎正式為石勒舉喪，以六十名大臣和數百名子弟披戴錫衰麻絰，禮樂挽紼，一路哀號將那口空棺柩虛葬於襄國城外三十里荒山，稱後趙國已故皇帝石勒陵墓 —— 高平陵。真實的石勒墓[02] 在哪，至今史家尚無定論。

※

石勒死後，石虎見再沒有人能庇護右僕射程遐、中書令徐光了，就與他的兒子齊王石邃挾持少主石弘下令收捕程、徐二人，押交執掌刑獄的廷尉以律懲處。石弘被嚇呆了，像中了風寒一樣全身發抖，道：「二人皆為先帝信賴之臣，這樣不妥。」

石虎道：「我說他們得死，就不能活，發詔！」

站在武班前面的石邃，看了一眼滿臉凶氣的石虎，雖然心裡很不滿意石虎暴君般的作為，但表面上還是維護著老爹的權

---

02　石勒死後建有多處疑塚，除高平陵外，地方誌記載今山西榆社趙王村、武鄉石泉
　　村、陵川崇安寺前平地下有石勒墓，《澤州府志》又說石勒墓在崇安寺的佛座下面。

威，轉身朝他帶的一干武士揮了揮手，那些武士頃刻將程遐、徐光押了下去。

石弘極為恐懼，急欲讓位於石虎，石虎慢悠悠地在石弘身前晃蕩幾下，冷笑道：「君薨，太子立，這是古今通義，石虎我怎敢違背君臣禮秩而行之？然那兩個佞臣（程、徐）必得死。」

當天沒到午時，程遐、徐光就被斬首。

石虎用屠殺撬開後趙的最高權力之門，大步邁上陛階之上，強迫石弘下詔拜他為丞相、魏王、大單于，加九錫禮，據魏郡等十三邑，總攝朝權。他的妻子鄭氏為魏王后，六個兒子皆封為王，文武百官各進位一等。朝廷內外軍政實權均由他委任的心腹掌握。石勒勳舊之臣，大都填補虛職。

丞相石虎下令，將石勒在世時宮中凡有姿色的女子、御用儀仗傘蓋、服飾、旌旗、車馬、珍寶、玩物，統統載入他的廨庭；改太子宮為崇訓宮，石勒皇后劉氏以下全遷居崇訓宮。

小心避禍屋裡的彭城王石堪，隱約聽見屬下部將說石虎殺了程遐、徐光，當下破口大罵石虎大奸大惡，該殺該剮。他不勝其憤，站起身來向門外張望，只見一個侍衛慌慌張張跑回來，一腳邁進門檻，跪下來報說石虎把劉太后趕出掖庭軟禁起來了。石堪聞此，一腔凜然殺氣，提一把刀，推開侍衛往外走。眾人強行諫阻的時候，門口又來了一位便服女子，有人識得是劉太后的貼身侍婢。她見了石堪，宣太后懿旨，趁夜將他

密召進宮裡。劉太后見了石堪，嗚咽落淚，向他傾訴苦衷，道：「此前程遐、徐光數諫先帝除石虎絕後患，是哀家顧惜義娘養他之勞，沒有堅持諫先帝……那時要給他一刀，哪會落到今日這般……先帝晏駕只有數日，石虎遽然相欺如此。這樣下去，恐怕先帝的後裔將難保一脈，你看如何是好？」

跪下向劉太后行拜見之禮，石堪看出她有意穿著一領自古后妃命婦喜愛卻已是破舊褪色的褖衣[03]來暗隱（被石虎竊去權力）破敗不振的江山，石堪萬般痛恨石虎之行，道：「非除中山王不能靖國難！」

石堪一語，雜和著血淚，充滿殺機。

劉太后淚眼閃動了一下，卻沒有吭聲，石堪以為她不贊同他的做法，只好將為何除中山王的意思盡量說清楚 —— 石堪是石勒養子，勇武有智略。他曾請董肇講授過《左傳》，認為眼下的後趙與《左傳・閔公元年》所載的魯莊公[04]死後他的弟弟慶父[05]預謀奪權篡位造成的亂局大致相似。因此，他計劃與這位恭

---

03　赤稱褖衣、祝衣，古六服之一。王后、命婦的一種禮服，袍式，見君王穿著，也用於燕居之服。

04　姬姓，名同，春秋時期魯國國君，西元前六九三至前六六二年在位，死後傳位其子般。

05　魯莊公死後，慶父預謀篡取君位，先後殺了兩位繼嗣國君，造成魯國動亂不安。齊國大夫仲孫湫去魯國弔問，回來後對他的國君說「不去慶父，魯難未已」。以後常以慶父泛言禍根。《晉書・李密傳》有「嘗以人書曰：『慶父不死，魯難未已』」的記載。

謹伴君一生、在成就後趙國事業中有著呂后[06]之風的劉太后細析時局之後，再縝密聯絡各州郡及藩鎮將領一起舉事討伐石虎，以避免憑一腔義憤各自貿然行動導致慘敗。此間，門上倏忽進來一個蓬頭垢面的破衣女子，跪到劉太后面前稟報了幾句，劉太后憤然道：「什麼，石聰將軍與譙郡太守彭彪也被他（石虎）殺了？」說了這一聲，又心痛落淚。這使石堪這個見了女人就臉紅的漢子，禁不住心下發慌，唏噓道：「臣不才，君危不能救，國難不能扶，使太后您也蒙受這等幽禁屈辱。可是……可是先帝勳舊都受排斥，兵權也被石虎和他的兒子控制了去，朝廷同僚多是石虎一系，連曾被先帝從奴隸群裡救出來成為十八騎勇將的夔安和深受先帝賞識提拔重用的尚書郭殷都成了石虎黨羽，臣在宮省之內沒有可與共謀之人，臣當另想計策。」

　　劉太后心裡很清楚，如今是國危山河在，如果能除掉石虎拿回朝權，還是一個完好的後趙。她寬袂沉緩地飄擺一下，站起來伸手虛扶石堪，道：「哀家明白了，你起來說，有何計策除他？」

　　石堪說完臣謝太后後，站起來揖禮，道：「如果太后同意，臣請奔兗州，擁南陽王恢[07]為盟主，據廩丘宣太后懿旨征州、郡、征、鎮兵馬討虎除逆，或可挽救。」

---

06　名呂雉，字娥姁，今山東單縣人，漢高祖劉邦皇后。漢惠帝劉盈死後，立養子劉恭為少帝，臨朝稱制，西元前一八○年病死。

07　石勒幼子石恢。

## 第四十六回　防中山徐程進忠言 臨末路趙主發遣令

劉太后挑眉看住石堪，道：「先帝在時曾說堪兒忠亮智勇，可託大事，匡救國朝全看你了。事已萬急，宜速發。然石虎黨徒勢盛，爪牙遍地，你必得處處小心再小心。」

石堪道：「有先帝英靈保佑，自當無事；萬一罹難，不過一點熱血而已。」他復又跪下，朝劉太后拜了三拜，道：「願太后好生保重！」

經過一番精心偽裝，石堪逃出襄國城，率輕騎百餘人襲兗州，但他時運不佳，未能即克，急忙丟下兗州南去譙城。還沒有站穩腳跟，石虎遣部將林因領兵五千追到，又南逃潛至城父[08]，被林因兵卒亂箭射倒活捉，押回襄國城。石虎大怒，當天下令就把他放進燒紅的火鑊裡活活炙死。

石虎懷疑石堪之逃是劉太后指使，遂將她逼死，尊石弘之母程氏為皇太后，還下令將帶兵在外的南陽王石恢徵調回來囚禁了。

鎮守關中的河東王石生，聞石勒病死石虎為變，自稱秦州刺史，與鎮守洛陽的石郎聯合舉兵討伐石虎。石虎得到稟報暴跳如雷，親將徒卒加騎兵七萬之眾出征。先攻洛陽，生擒石郎，砍去他的雙腳，再砍去人頭。

石虎命梁王石挺為前鋒大都督，從洛陽出兵西攻石生。石生派部將郭權與鮮卑涉珪部落兩萬人迎敵，大戰於潼關，斬石

---

08　在今安徽亳州東南。

挺與丞相左長史劉隗於陣前。鮮卑兵驍勇，石虎大敗而逃，死者相枕，血凝紅土。

但是後來鮮卑涉珪部落將領被石虎收買，對石生反戈一擊。石生此時還沒有接到郭權與鮮卑兵潼關激戰大勝的消息，以為郭權同鮮卑兵嘩變而攻自己，惶遽單騎奔長安，又從長安西逃，途中被他的部下殺死在雞頭山<sup>09</sup>。

率眾死守長安的蔣英，城破戰死。蔣英部將郭權失去後援，棄鎮地渭汭逃奔隴右，隱匿不出。

咸和八年（西元三三三年）十一月某日，石虎差遣右僕射郭殷持節入宮，廢石弘（在位一年零三個月）為海陽公。石弘如釋重負，脫掉沉重的袞服，由內侍相隨送出宮門，還在互相施禮辭別之間，石虎親信就把他劫持到崇訓宮囚禁。西羌大都督姚弋仲對廢黜石弘甚為不滿，見了石虎說道：「弋仲曾經稱大王（此指石勒）是命世英雄，我才誠心相隨。你是他從弟，又受扶臂之託，好意思在他剛晏駕就遽行篡奪竊取大位自己坐天下嗎？王朝興替可謂自然，但你的做法實在對不住他的期望。」

石虎正要說如今天是我的，想颳風颳風，想下雨下雨，行雲流水，任我所為，你管得著嗎？但他馬上想到站在面前的是後漢時期頗有名望的西羌校尉遷那<sup>10</sup>之後 —— 南安赤亭羌族叱

---

09　在今甘肅成縣西南部。

10　曾任羌族首領，滇吾九世孫，東漢末歸漢，被封為冠軍將軍、西羌校尉，他的後裔於十六國時期建後秦國。

吒風雲的強人，即刻變了語氣，道：「這不叫篡奪。弘年少，怕他不能御家國之事，本相暫且代為治理。」

姚弋仲聽了狠狠地瞪了石虎一眼，奮袂而去。石虎違德取位，理虧在己，沒敢把他怎麼樣。

廢黜了石弘之後，石虎自稱趙天王，承攝皇帝事。到咸康元年（西元三三五年）正月，後趙太保夔安率文武僚佐五百餘人至鄴宮顯陽殿，請石虎僭皇帝位。石虎正法衣，冠通天冠[11]，佩紫綬，登上陛階面南坐定，故做遜讓在趙天王前面加了一個「大」字，號曰大趙天王，實為後趙國第三位皇帝，受群臣呼拜。

隨後，石虎在遷都鄴城期間，差人將程太后、石弘、石宏、石恢母子統統殺死在崇訓宮（石弘死時二十二歲），還把石勒親族、親近部屬、侍僕斬盡殺絕。

石勒英雄一世，竟落得後嗣無人。

石勒窮盡一生所組建與經營的幾十萬大軍的班底十八騎元老宿將，絕大多數受到排擠（支雄、桃豹等保留將軍頭銜卻不被重用），獨有夔安備受寵幸，石虎拜他為太保。而最不幸的，是時任光祿大夫的逯明。石虎下令廣採良家美女充作後宮嬪妃，甚至詔命凡二十歲以下十三歲以上的女子，均為應選入宮對象，宮中衣飾珠玉、長黛輕裙者一時多達數萬，分鄴城、洛

---

11　省稱通天，皇帝禮冠。秦時採楚冠之制，為皇帝常服，漢以後沿用。

陽、長安三地宮闈居住。但此時因石虎徭役賦稅並興，大興土木，建造襄國太武殿、鄴城東西宮，而使民力凋敝困苦難支，還又發二十六萬工役修繕洛陽宮宇，逼得河南百姓四散逃亡，或者結隊反叛，還有許多逃不走又活不下去的人自殺了，眾多村鎮十室九空。石虎把這等情狀歸咎於州郡牧守和縣令，下獄論死者五十餘人，逯明因此覲見石虎當面切諫，道：「過不在牧守、縣令不盡力，而在過苛的徭役稅納，請天王法高祖明皇帝朝適量酌減，以寬百姓。」石虎聞言非常氣憤，滿臉紫脹，斥道：「本天王早看出你心中懷念過去，不滿當今，此刻終於露出來了，那就不能留你這等逆賊了。」當下指使武士將逯明縊死。

　　然而諷刺的是，十五年後——東晉穆帝司馬聃永和六年（西元三五〇年），自棄於人道的萬惡暴君石虎得病死了，他那個天也就不在了。昔年他以血腥屠刀宰割石勒的妻兒、親屬、部下築就的赫赫石虎王朝，竟被他的養子石閔[12]，用屠刀砍削而轟然傾倒——把石虎死後承嗣皇位的石鑑殺死，還頒布滅胡令，宣布趙人有斬殺一胡人首級送至鳳陽門者，凡文武官員均給其加官增祿。此令一出，趙人緊閉鄴城城門，一日之內殺胡人、羯人數萬。石閔又親自率眾到處捕殺，不單誅殺了石虎的兒子石遵、石鑑，還狂殺石虎的其他子孫[13]、親屬及所有石姓族

---

12　有史書說是養子之子。
13　僅在鄴城的石虎孫子被殺者三十八人。

人，羯人、胡人由此死者不下二十萬，血染中原大地。

　　石閔原本漢姓冉，字永曾，內黃人氏。自幼練就左手操雙刃矛、右手執鉤戟的奇異而厚實的本領，長成後身長八尺，勇力絕人，又善謀策，做事果決。他覆滅後趙國之後，恢復冉姓，是為冉閔。冉閔趁亂建立大魏國，史稱冉魏。冉魏國主冉閔極會治兵，長於征戰，是當時平息戰亂統御和推進宗社統一的重要政治力量。但他的宗族歧視與屠殺，激起諸多正義之士及原石虎王朝既得利益者的不滿，苻洪[14]、姚弋仲、撫軍將軍張沈、建義將軍段末丕之子段勤等都各據一方聚兵反抗，更有鮮卑慕容氏燕王慕容俊，也趁勢起兵二十萬南來。在這些反抗勢力和鮮卑兵的攻擊之下，冉閔亦成了短命之君，他的王朝雖然開啟了永興（年號）之世，但在頻繁的攻伐征戰中奮力維持支撐到第三年 —— 永和八年（西元三五二年），即被北方大地頻起的戰火所吞噬。武略蓋世一時之盛的大魏皇帝冉閔，慘死在鮮卑慕容氏燕王慕容俊刀下。

　　慕容俊得勢橫行，遣兵四出搶奪亡國的冉魏地盤。偏安江東的司馬氏東晉王朝，探知冉魏人亡政息，中原大亂，也重新謀劃北伐，其邊防將領已整飭兵馬，躍躍欲試。出兵南去爭奪鄴城，戰亂趨於迅疾升級之狀⋯⋯

---

14　即蒲洪，因當時流傳的讖文有「草付應王」和他的孫子蒲堅背上有一「苻」字，而改姓為苻。

但是，統一乃常情，分裂是變態，所以得逞於一時的分裂戰亂者定會遭到歷史的鞭笞，在維護與促進社會進步勢力的推動之下，必將重新走向統一，不知又有誰來平息這等戰亂之局呢？

# 跋

　　經過了十多年的不輟筆耕，傾注著父親心血寫就的章回體歷史小說《石勒》，近日就要出版了，可喜可賀！特別是這部著作出自耄耋老人之手，就更值得點讚了！

　　父親的這部小說，我是第一個讀者。小說依據史實評價了歷史人物的功過是非和歷史作用。真誠與責任是文德的標誌，也是文人的傳統良知。閱讀本書能讓人感到一種強烈的責任意識，有著對歷史莊嚴的使命感與責任感。在文字表述上有真情，在重大歷史事件展示上有新意，在創作立意上有境界，在文學體裁上也有新的探索和嘗試，給我以教益和啟示。讀史可以明鑑，知古可以鑑今，以史為鑑，可以知興替。歷史教人用深邃的目光看待過去，品讀現在，觀照未來。

　　我也是第一個受益者。一位歷史學家說：「歷史不是秦皇漢武，不是唐宗宋祖，更不是強權暴力和陰謀詭計。歷史是一種文化，是一種大智慧。」歷史不僅僅是帝王將相的鉤心鬥角，也不僅僅是才子佳人的恩怨情仇，而是一個文化得以延續發展的根本。亂世出英雄，實踐出真知。中華民族文化博大精深。小說形象生動而又寓意深刻，肯定了少數民族歷史人物是歷史中的組成部分，肯定了他們對民族融合與發展的貢獻。在以漢文化為主流的文化長廊中，永遠鐫刻著多元族群文化的絢麗身

# 跋

　　姿。在閱讀和欣賞過程中，更深切體會到進一步增強維護社會團結的思想觀念。

　　同時我還是本書如何寫就的見證者。父親十幾年如一日，「衣帶漸寬終不悔」，寶刀未老，十年磨一劍，暑寒十春秋。老花鏡加放大鏡，自學電腦，孜孜不倦，查閱了大量的資料和典籍。實地考察了山東荏平、高唐，河北邢臺、臨漳，河南開封、洛陽，山西榆社、武鄉。面對積澱著漫長歲月滄桑的文化遺產頓生靈感，信手拈來，涉筆成書，直抒胸臆，父親能有這份雅興，能有這種心境，殊非易事。父親不顧年老體邁，每天堅持讀書看報閱刊，書寫的每一張紙都是用了正面再用背面，藍筆寫了又用紅筆勾畫，一堆堆都是草稿，一疊疊全是資料。父親這種「老驥伏櫪，志在千里」的精神實屬難能可貴，彌足珍貴，激勵著家人好好讀書，努力工作。我們就是要弘揚中華民族的傳統美德，傳承良好的家風。

　　「莫道桑榆晚，為霞尚滿天。」常言道，家家都有老，人人都要老。願每一位老年人都能老有所樂，老有所養，老有所依，老有所為。

毋青松

電子書購買

國家圖書館出版品預行編目資料

後趙明主：石勒：逐鹿中原，歲月如夢 / 毋福珠
著 . -- 第一版 . -- 臺北市：崧燁文化事業有限公
司 , 2022.06
　面；　公分
POD 版
ISBN 978-626-332-398-8( 平裝 )
857.45　111007699

# 後趙明主 —— 石勒：逐鹿中原，歲月如夢

臉書

作　　者：毋福珠
發 行 人：黃振庭
出 版 者：崧燁文化事業有限公司
發 行 者：崧燁文化事業有限公司
E - m a i l：sonbookservice@gmail.com
粉 絲 頁：https://www.facebook.com/sonbookss/
網　　址：https://sonbook.net/
地　　址：台北市中正區重慶南路一段六十一號八樓 815 室
Rm. 815, 8F., No.61, Sec. 1, Chongqing S. Rd., Zhongzheng Dist., Taipei City 100,
Taiwan
電　　話：(02) 2370-3310　　傳　　真：(02) 2388-1990
印　　刷：京峯彩色印刷有限公司（京峰數位）
律師顧問：廣華律師事務所 張珮琦律師

定　　價：350 元
發行日期：2022 年 06 月第一版
◎本書以 POD 印製